W[illegible] Helmbrecht

Wernher der Gärtner
Helmbrecht

Mittelhochdeutsch / Neuhochdeutsch

Herausgegeben von Karl-Heinz Göttert

Reclam

RECLAMS UNIVERSAL-BIBLIOTHEK Nr. 18978
2015 Philipp Reclam jun. GmbH & Co. KG,
Siemensstraße 32, 71254 Ditzingen
Gestaltung: Cornelia Feyll, Friedrich Forssman
Druck und Bindung: EsserDruck Solutions GmbH,
Untere Sonnenstraße 5, 84030 Ergolding
Printed in Germany 2023
RECLAM, UNIVERSAL-BIBLIOTHEK und
RECLAMS UNIVERSAL-BIBLIOTHEK sind eingetragene Marken
der Philipp Reclam jun. GmbH & Co. KG, Stuttgart
ISBN 978-3-15-018978-8
www.reclam.de

Helmbrecht

Einer saget, waz er gesiht,
der ander saget, waz im geschiht,
der dritte von minne,
der vierde von gewinne,
der fünfte von grôzem guote,
der sehste von hôhem muote:
hie wil ich sagen, waz mir geschach,
daz ich mit mînen ougen sach.
ich sach, daz ist sicherlîchen wâr,
eins gebûren sun, der truoc ein hâr,
daz was reide unde val;
ob der ahsel hin ze tal
mit lenge ez vollelîchen gie.
in eine hûben er ez vie,
diu was von bilden wæhe.
ich wæne, ieman gesæhe
sô manegen vogel ûf hûben:
siteche unde tûben
die wâren al dar ûf genât.
welt ir nû hœren, waz dâ stât?

Ein meier der hiez Helmbreht:
des sun was der selbe kneht,
von dem daz mære ist erhaben.
sam den vater *nante* man den knaben:
si bêde hiezen Helmbreht.
mit einer kurzen rede sleht
künde ich iu daz mære,
waz ûf der hûben wære
wunders erziuget
(daz mære iuch niht betriuget;

Einer erzählt, was er bei anderen gesehen hat,
ein zweiter, was ihm selbst passiert ist,
der dritte von Liebe,
der vierte von guten Geschäften,
der fünfte von purem Reichtum,
der sechste von hohen Idealen.
Ich will erzählen, was mir selbst passiert ist
und ich mit eigenen Augen gesehen habe.
Ich habe – unglaublich, aber wahr –
einen Bauernsohn gekannt
mit blonden Locken
bis über die Schultern,
in unglaublicher Fülle.
Diese Haarpracht steckte auch noch
unter einem mit allen möglichen Bildern verzierten Hut.
Ich bin sicher: Noch kein Mensch hat jemals
so viele Vögel auf einem Hut abgebildet gesehen,
Papageien und Tauben,
alles aufgestickt.
Wollt ihr nun hören, was dort alles zu sehen war?

Es gab einen Gutspächter mit Namen Helmbrecht.
Sein Sohn ist der Held
dieser Geschichte.
Der hieß genauso wie sein Vater,
beide also Helmbrecht.
Und nun ohne viele Umschweife
zum Hut und dem,
was darauf
Wundersames dargestellt war.
Und noch einmal: Ich biete hier keine Lügen

ich sage ez niht nâch wâne):
hinden von dem spâne
nâch der scheitel gegen dem schopfe,
reht enmitten ûf dem kopfe,
der lîm mit vogelen was bezogen,
reht als si wæren *dar* geflogen
ûz dem Spehtharte.
ûf gebûren swarte
kom nie bezzer houbetdach,
dan man ûf Helmbrehte sach.
dem selben geutôren
was gegen dem zeswen ôren
ûf die hûben genât –

Welt ir nû hœren, waz dâ stât? –
wie Troye wart besezzen,
dô Pâris der vermezzen
dem künege von Kriechen nam sîn wîp,
diu im was liep alsam sîn lîp,
und wie man Troye gewan
und Ênêas von danne entran
ûf daz mer in den kielen,
und wie die türne vielen
und manec steinmûre.
owê daz ie gebûre
solhe hûben solde tragen
dâ von sô vil ist ze sagen!

Welt ir nû hœren mê
waz anderhalp ûf der hûben stê

oder berichte nach reiner Phantasie.
Der Hut hatte einen Mittelstreifen,
der unten an den Ringellöckchen ansetzte
und über den Scheitel bis zum Stirnhaar reichte:
Der war mit den schon genannten Vögeln bestickt.
Man hätte glauben können, sie wären
geradewegs aus dem Spessart daraufgeflogen.
Kein Bauernschädel
hat jemals eine derart bombastische Kopfbedeckung
getragen
wie eben Helmbrecht.
Auf der rechten Seite
des Huts
von dieser Landpomeranze –

Wollt ihr wirklich wissen, was darauf gestickt war?
– gab es die Belagerung Trojas zu sehen,
nachdem Paris in purem Übermut
dem griechischen König seine Frau entführt hatte,
in die er wahnsinnig verliebt war.
Auch die Eroberung von Troja war dargestellt,
die Flucht von Äneas
per Schiff auf dem Meer
und die Zerstörung der Stadtmauern
samt Türmen.
Es ist schon schlimm, dass ein Bauer
einen solchen Hut besessen hat,
über den man so viel erzählen kann.

Wollt ihr auch noch wissen,
was auf der anderen Seite des Huts

mit sîden erfüllet?
daz mære iuch niht betrüllet:
ez stuont gegen der winstern hant,
wie künec Karl und Ruolant,
Turpîn und Oliviere,
die nôtgestalden viere,
waz die wunders mit ir kraft
worhten gegen der heidenschaft:
Prôvenz und Arel
betwanc der künec Karel
mit manheit und mit witzen,
er betwanc daz lant Galitzen;
daz wâren allez heiden ê.

Welt ir nû hœren, waz hie stê
von einer nestel her an dise
(ez ist wâr, daz ich iu lise)
zwischen den ôren hinden?
von frouwen Helchen kinden,
wie die wîlen vor Raben
den lîp in sturmen verloren haben,
dô si sluoc her Witege,
der küene und der unsitege,
und Diethern von Berne.
noch mügt ir hœren gerne,
waz der narre und der gouch
truoc ûf sîner hûben ouch.

Ez hêt der gotes tumbe
vor an dem lîme al umbe

mit Seidenfäden gestickt war?
Ihr werdet wirklich nicht vergackeiert:
Links konnte man sehen,
wie König Karl und Roland,
weiter Turpin und Olivier,
die vier großen Kampfgefährten also,
Heldentaten
im Kampf mit den Heiden vollbrachten.
Bekanntlich hat dieser König Karl
die Provence und die Gegend von Arles
mit Tapferkeit und Klugheit unterworfen,
auch das Land Galizien,
wo vorher überall nur Heiden gesessen hatten.

Wollt ihr weiter hören,
was hinten zwischen den beiden Schnallen zu sehen war
– es ist wieder die reine Wahrheit –,
gewissermaßen von einem Ohr zum andern?
Dort sah man, wie die beiden Söhne von Helche
Bei den Sturmangriffen auf Ravenna
ihr Leben im Kampf
mit dem großen Helden Witege verloren,
dem Haudegen,
der auch noch Dieter von Bern erschlug.
Damit nicht genug könnt ihr noch mehr von dem
erfahren,
was dieser verrückte Bauer
sonst noch alles auf seinem Hut zur Schau trug.

Der Hut dieses gottverlassenen Idioten
zeigte auf dem schon genannten Mittelteil

von *dem* zeswen ôren hin
unz an daz lenke (*des* ich bin
mit wârheit wol bewæret;
nû hœrt wie ez sich mæret),
man möht ez gerne schouwen,
von rittern und von frouwen,
ouch was dâ niht überhaben,
beidiu von *meiden* und von knaben
vor an dem lîme stuont ein tanz
genât mit sîden, die wâren glanz.
ie zwischen zwein frouwen stuont,
als si noch bî tanze tuont,
ein dritter an ir hende;
dort an einem ende
ie zwischen zwein meiden gie
ein knabe der ir hende vie.
dâ stuonden fidelære bî.
Nû hœret, wie diu hûbe sî
geprüefet Helmbrehte,
dem tumben ræzen knehte.

Noch habt ir *alles* niht vernomen,
wie diu hûbe her sî komen:
die nâte ein nunne gemeit.
diu nunne durch ir hövescheit
ûz ihr zelle was entrunnen.
ez geschach der selben nunnen,
als vil maneger noch geschiht:
mîn ouge der vil dicke siht,

vom rechten Ohr
bis zum linken – jedenfalls ist es mir
völlig glaubhaft versichert worden,
hört also weiter zu –
wundervoll anzusehende
Ritter und adlige Damen
– es wurde wirklich niemand übergangen –,
Edelfräulein und Knappen,
alle beim Tanz,
und zwar in schönster Seidenstickerei.
Zwischen zwei adligen Damen stand ganz so,
wie man noch heute tanzt,
ein Ritter und hielt sie an den Händen.
Am anderen Ende
schritt ein Knappe zwischen zwei Edelfräulein
und hielt sie ebenfalls an den Händen.
Drum herum bewegten sich Musikanten.
Und nun hört auch noch, wie dieser Hut
für Helmbrecht, diesen dummen und tolldreisten Burschen,
einst angefertigt worden war.

Denn bisher habt ihr ja keine Ahnung,
woher der Hut stammt.
Genäht hat ihn nämlich eine äußerst lebenslustige Nonne.
Weil ihre ganze Sehnsucht dem Hofleben galt,
war sie aus ihrer Klosterzelle geflohen.
Und dann war es dieser Nonne so gegangen,
wie es immer wieder vielen anderen geht:
Ich habe nur allzu oft welche gesehen,

die daz nider teil verrâten hât,
dâ von daz ober mit schanden stât.

Helmbrehtes swester Gotelint
der nunnen ein genæmez rint
gap si ze kuchenspîse.
si was ir werkes wîse;
si diente ez wol mit næte
an der hûben und an der wæte.
dô Gotelint gap dise kuo,
nû hœret waz *diu muoter* tuo.
diu gap sô vil der zweier
der nunnen, kæse und eier,
die wîle si ze revende gie,
daz si die selben tage nie
sô manec ei zerklucte
noch kæse versmucte.
    noch gap diu swester mêre
dem bruoder durch sîn êre
kleine wîze lînwât,
daz lützel ieman bezzer hât.
diu was sô kleine gespunnen,
ab dem tuoche entrunnen
wol siben webære,
ê ez volwebet wære.
ouch gap im diu muoter,
daz nie seit sô guoter
versniten wart mit schære
von deheinem snîdære,
und einen pelz dar under,
von sô getânem kunder,

denen der untere Körperteil übel mitgespielt hat,
bis der obere in Schande dastand.

Helmbrechts Schwester Gotelind
hatte dieser Nonne ein gut gemästetes Rind
für ihre Küche geschenkt.
Die Nonne konnte nämlich etwas
und verdiente sich dies wirklich mit ihrer Arbeit
an Hut und Kleidung.
Nachdem Gotelind ihr dafür die Kuh geschenkt hatte,
setzte die Mutter noch eins drauf:
Sie schenkte der Nonne
jede Menge Käse und Eier.
Während ihrer Nonnenzeit waren ihr
beim Essen im Refektorium
weder so viele Eier in die Pfanne geschlagen
noch solcher Käse zum Verspeisen aufgetischt worden.
Gotelind setzte die Einkleidung fort:
Damit der Bruder rechte Ehre einlegen konnte,
schenkte ihm die Schwester feines weißes Linnen,
wie kein Mensch besseres besitzt.
Es war derart gut gesponnen,
dass mehr als sieben Weber
vom Webstuhl geflohen waren,
bevor dieses Linnen fertig wurde.
Die Mutter schenkte ihm
prächtige Sackleinwand,
wie sie in dieser Qualität noch kein Schneider
mit seiner Schere zugeschnitten hatte.
Weiter ein Unterfutter
aus dem Fell jenes Tieres,

daz ûf dem velde izzet gras:
niht sô wîzes in dem lande was.
dar nâch *gap* daz getriuwe wîp
ir lieben sune an sînen lîp
ketenwambîs unde swert:
des was der jungelinc wol wert.
noch gap si dem selben knaben
zwei gewant, diu muost er haben,
gnippen unde taschen breit:
er ist noch ræze der si treit.
dô si gekleidet hêt den knaben,
dô sprach er: »muoter, ich muoz haben
dar über *einen* warkus;
und sold ich des belîben sus,
sô wær ich gar verswachet.
der sol ouch sîn gemachet,
alsô dîn ouge den an gesiht,
daz dir dîn herze des vergiht,
dû habest des kindes êre,
swar ich danne kêre.«
si hêt noch in den valden
ein tüechelîn behalden:
des wart si âne leider
durch des sunes kleider.
si kouft im tuoch, daz was blâ.
weder hie noch anderswâ
truoc nie *dehein* meier
einen roc, der zweier eier
wære bezzer dan der sîn:
daz habt bî den triuwen mîn.

das auf dem Feld Gras frisst:
Weißeres gab es jedenfalls im ganzen Land nicht.
Danach übergab die treusorgende Mutter
ihrem Liebling
Rüstung und Schwert:
Die glaubte der junge Kerl wahrhaftig verdient zu haben.
Dazu schenkte sie dem Knäblein
zwei Gewänder, die er natürlich unbedingt brauchte,
ferner einen Dolch und eine große Satteltasche.
Noch heute würde jeder bei diesem Besitz vor Stolz
platzen.

Als sie den Jungen so ausstaffiert hatte,
sagte er: »Mutter, ich brauche
auch noch einen Rock.
Wenn ich so etwas nicht hätte,
wäre ich nicht vornehm genug.
Der muss so toll ausfallen,
dass dir dein Herz sagt,
wenn dein Auge ihn sieht:
Mit diesem Sohn lege ich Ehre ein –
wo immer ich auftauche.«
Bislang hatte die Mutter sorgsam in Tuch gehüllt
noch ein besonders wertvolles Stück Stoff aufbewahrt.
Aber das ging nun auch leider
für die Kleidung des Sohnes drauf.
Sie tauschte ihm nämlich blaues Tuch dafür ein.
Weder hier noch anderswo
hat je ein Pächter
einen Rock besessen, der einen Deut besser
gewesen wäre als seiner –
das könnt ihr mir aufs Wort glauben.

er kunde in tugende lêren
und hôhen lop gemêren,
der im daz hêt gerâten:
nâch dem ruckebrâten
von der gürtel unz in den nac
ein knöpfel an dem andern lac;
diu wâren rôt vergoldet.
ob ir nû hœren woldet
von dem rocke fürbaz,
durch iuwer liebe sagte ich daz.

Dâ daz gollier unz an daz kin
gereichte, unz an die rinken hin
diu knöpfel wâren silberwîz.
ez hêt selten solhen vlîz
an sînen warkus geleit
dehein gebûre, der in treit,
noch sô kostelîchiu werc
zwischen Hôhensteine und Haldenberc.
seht, wie iu daz gevalle:
driu knöpfel von kristalle,
weder ze kleine noch ze grôz,
den buosem er dâ mite beslôz,
er gouch und er tumbe.
sîn buosem was al umbe
bestreut mit knöpfelînen,
diu sach man verre schînen,
gel, blâ, grüene, brûn und rôt,
swarz *und* wîz, als er gebôt.
diu lûhten sô mit glanze,
swenne er gie bî dem tanze,

Wer ihn mit all dem ausstaffierte,
hatte wirklich den Bogen raus,
Anstand zu beweisen und das Ansehen zu steigern.
Auf dem Rückenteil saß
auch noch vom Gürtel bis zum Nacken
ein goldener Knopf
neben dem anderen.
Falls ihr noch mehr
von dem Rock hören wollt,
erzähle ich euch zu Gefallen gerne davon.

Vom Kragen, der bis ans Kinn reichte,
bis zur Gürtelschnalle
glänzten die Knöpfe hell wie Silber.
Noch nie
ist für einen Bauern solche Sorgfalt
auf seinen Kittel verwendet worden,
so kunstvolle Arbeit –
und das zwischen Hohenstein und Haldenberg nicht.
Urteilt selbst, wie es euch gefällt:
Mit drei Knöpfen aus Kristall,
weder zu klein noch zu groß,
konnte der Depp
den Kittelschlitz vor der Brust schließen.
Das gesamte Oberteil war
mit Knöpfen förmlich übersät.
Sie glitzerten weithin
in Gelb, Blau, Grün, Lila und Rot,
auch in Schwarz und Weiß, ganz wie er es sich gewünscht hatte.
Sie funkelten dermaßen,
dass sich

sô wart er von beiden,
von wîben und von meiden,
vil minneclîche an gesehen.
ich wil des mit wârheit jehen,
daz ich bî dem selben knaben
den wîben hêt unhôhe erhaben.
dâ der ermel an daz muoder gât
al umbe und umbe was diu nât
behangen wol mit schellen:
die hôrt man lûte hellen,
swenne er an dem reien spranc,
den wîben ez durch diu ôren klanc.
her Nîthart, und solt der leben,
dem hêt got den sin gegeben,
der kunde ez iu gesingen baz
danne ich gesagen. nû wizzet daz:

Si verkoufte manec huon und ei,
ê si im gewunne diu zwei,
hosen und spargolzen.
als si dô dem stolzen
sîniu bein hêt gekleit,
»mîn wille mich hin ze hove treit«,
sprach er. »lieber vater mîn,
nu bedarf ich wol der stiure dîn:
mir hât mîn muoter *gegeben*
und ouch mîn swester, sol ich leben,
daz ich in alle mîne tage
immer holdez herze trage.«

sämtliche Frauen und Mädchen
in ihn beim Tanz
augenblicklich verliebten.
Ganz im Ernst,
neben diesem vornehmen jungen Mann
hätte ich selbst auf Frauen wenig Eindruck gemacht.
Wo der Ärmel an der Jacke sitzt,
war die Naht ringsherum
mit Glöckchen verziert.
Die hörte man beim Reigentanz
laut ertönen, bei jedem Schritt
klang es den Frauen verführerisch in die Ohren.
Wenn Neidhart von Reuental noch lebte,
hätte er mit seiner Begabung als Sänger
all das noch schöner vorzutragen gewusst
als ich mit bloßen Worten. Und nun weiter:

Die Mutter musste viele Hühner und Eier verkaufen,
bevor sie ihm auch noch
Hosen und edles spanisches Schuhzeug besorgen konnte.
Als sie für den aufgeblasenen Kerl
die passenden Sachen zusammen hatte,
sagte der: »Mein lieber Vater,
ich will auf jeden Fall an den Hof.
Und du musst mir dabei helfen.
Mutter und meine Schwester haben mich schon perfekt ausstaffiert –
ich werde ihnen dafür
jeden Tag meines Lebens
dankbar sein.«

dem vater was daz ungemach.
zuo dem sune er dô sprach:
»ich gibe dir zuo der *wæte*
einen hengest, der ist dræte
und der wol springe ziune und graben,
den solt du dâ ze hove haben,
und der lange wege wol loufe.
wie gerne ich dir den koufe,
ob ich in veile vinde!
lieber sun, nu erwinde
hinz hove dîner verte.
diu hovewîse ist herte
den, die ir von kindes lit
habent niht gevolget mit.
lieber sun, nû men dû mir
oder hab den phluoc, sô men ich dir,
und bûwen wir die huobe;
sô kumst du in dîne gruobe
mit guoten êren alsam ich:
zwâre des versihe ich mich.
ich bin getriuwe, gewære,
niht ein verrâtære;
darzuo gibe ich alliu jâr
ze rehte mînen zehenden gar:
ich hân gelebet mîne zît
âne haz und âne nît.«

Er sprach: »lieber vater mîn,
swîc und lâ die rede sîn!
dâ mac niht anders an geschehen,
wan ich wil benamen besehen,

Dem Vater war das alles andere als recht.
Er antwortete seinem Sohn:
»Natürlich suche ich dir zu deiner sonstigen Ausstattung
auch noch einen Wallach aus,
der über jeden Zaun und Graben geht
und dem kein Weg zu lang wird –
so etwas ist am Hof ja nötig.
Ich bin schon ganz heiß auf den Kauf,
wenn ich nur einen guten Preis bekommen kann.
Aber ganz im Ernst, mein Junge.
Gib das mit dem Hof lieber auf.
Das Leben dort ist für jeden unmöglich,
der es nicht von klein an
gewöhnt ist.
Geh du lieber mit den Ochsen pflügen
oder führe den Pflug und ich den Ochsen,
so dass wir zusammen den Acker umgraben.
Dann kannst du dich irgendwann einmal ins Grab legen,
genauso angesehen wie ich.
Darauf kann ich wirklich hoffen.
Auf mich war immer Verlass,
ich habe nie betrogen
und immer meinen Zehnten an die Kirche entrichtet,
wie es sich gehört.
Alles in allem war ich mein Leben lang
niemandes Feind und auch auf keinen neidisch.«

Helmbrecht gab zur Antwort: »Mein lieber Vater,
lass es sein und halte einfach den Mund.
Die Würfel sind gefallen.
Ich bin wild entschlossen,

wie ez dâ ze hove smecke.
mir sulen ouch dîne secke
nimmer rîten den kragen.
ich sol ouch dir ûf dînen wagen
nimmer mist gevazzen.
sô solt mich got gehazzen,
swenne ich dir ohsen wæte
und dînen habern sæte.
daz zæme niht zewâre
mînem langen valwen hâre
und mînem reidem locke
und mînem wol stânden rocke
und mîner *wæhen* hûben
und *den* sîdînen tûben,
die dar ûf nâten *frouwen*,
ich hilf dir nimmer bouwen.«

Der vater sprach: »lieber sun, belîp bî mir!
ich weiz wol, ez wil geben dir
der meier Ruopreht sîn kint,
vil schâfe, swîne und zehen rint,
alter unde junger,
ze hove hâst du hunger
und muost dar zuo vil harte ligen
und aller gnâden sîn verzigen.
nû volge mîner lêre,
des hâst du frum und êre;
wan selten im gelinget,
der wider sînen orden ringet.
dîn ordenunge ist der phluoc.
dû vindest hoveliute genuoc,

einmal Hofluft zu atmen.
Auf keinen Fall lass ich mir jemals wieder
deine Säcke auf den Buckel legen.
Ich werde auch keinen Mist mehr
auf den Wagen heben.
Verdammt will ich sein,
wenn ich noch einmal deine Ochsen anspanne
und mit ihnen Hafer säen gehe.
So etwas passt einfach nicht mehr
zu meinen langen blonden Haaren
und den gekräuselten Locken,
auch nicht zu meinem prächtigen Rock
und dem mit höchster Kunst verzierten Hut,
auf den die Frauen
Tauben aus Seide genäht haben.
Es ist Schluss: Mich siehst du nicht mehr auf dem Acker.«

Der Vater sagte: »Bleib trotzdem.
Ich weiß schon längst: Der Bauer Ruprecht
will dir seine Tochter zur Frau geben.
Die bringt dir jede Menge Schafe, Schweine und zehn Rinder
mit in die Ehe, teils ausgewachsene, teils junge.
Bei Hofe erwarten dich dagegen Hunger,
ein hartes Bett
und nicht die geringste Unterstützung.
Halt dich lieber an meinen Rat.
Das nützt dir und bringt dir Ansehen.
Noch nie ist es gut gegangen,
wenn einer gegen seine Bestimmung gelebt hat.
Deine Bestimmung ist nun einmal der Pflug.
Am Hof lebst du dagegen

swelhez ende dû kêrest.
dîn laster dû gemêrest,
sun, des swer ich dir bî got:
der rehten hoveliute spot
wirdestû, vil liebez kint.
dû solt mir volgen und erwint.«

Er sprach: »Vater, und wirde ich geriten,
ich trûwe in hovelîchen siten
immer alsô wol genesen,
sam die ze hove ie sint gewesen.
swer die hûben wæhe
ûf mînem houpte sæhe,
der swüer wol tûsent eide
für diu werc beide,
ob ich dir ie gemente
oder den phluoc in der furch gedente.
swenne ich mich gekleide
in gewant, daz si mir beide
ze stiure gâben gester,
mîn muoter und ouch mîn swester,
sô bin ich sicherlîche
dem vil ungelîche,
ob ich etewenne
korn ûf dem tenne
mit drischelen ûz gebiez,
oder ob ich *stecken* ie gestiez.
swenne ich füez unde bein
hân gezieret mit den zwein,
hosen und schuohen von korrûn,
ob ich ie geziunte zûn

nur unter Höflingen,
die nur Spott für dich übrig haben.
Ich schwöre dir Stein und Bein:
Wo du auch auftauchst,
bist du bei denen der letzte Dreck.
Hör lieber auf mich und lass den ganzen Unsinn.«

Der Sohn antwortete: »Vater, wenn ich nur erst beritten bin,
dann weiß ich genau, dass ich am Hof
den gleichen Erfolg habe
wie die, die immer schon dort waren.
Wer den tollen Hut
auf meinem Kopf sieht,
der schwört tausend Eide,
dass ich niemals
etwas mit Ochsen zu tun hatte
oder mit dem Pflug Furchen in den Acker zog.
Wenn ich nur
das anziehe,
was Mutter und Schwester
mir gestern zusammengenäht haben,
sieht mir kein Mensch
mehr an,
dass ich einmal
Korn auf der Tenne
mit den Schlegeln gedroschen
und Pfosten in die Erde gerammt habe.
Mit diesen Hosen und Schuhen
an Beinen und Füßen,
alle aus feinstem Ziegenleder,
sagt mir niemand nach,

dir oder ander iemen,
des vermeldet mich niemen.
gîst dû mir den meidem,
meier Ruoprehte zuo einem eidem
bin ich immer verzigen:
ich will mich niht durch wîp verligen.«

Er sprach: »sun, eine wîle dage
und vernim, waz ich dir sage.
swer volget guoter lêre,
der gewinnet frum und êre:
swelh kint sînes vater rât
ze allen zîten übergât,
daz stât ze jungest an der scham
und an dem schaden rehte alsam.
wilt dû dich sicherlîchen
genôzen und gelîchen
dem wol gebornen hoveman,
dâ misslinget dir an;
er treit dir dar umbe haz.
dû solt ouch wol gelouben daz,
ez kleit dehein gebûre niht,
swaz dir dâ ze leide geschiht.
und næme ein rehter hoveman
dem gebûren, swaz er ie gewan,
der gedingete doch ze jungest baz
danne dû. nû wizze daz:
nimst dû im ein fuoter,
lieber sun vil guoter,

ich hätte mich jemals damit abgegeben,
für dich oder jemand anderen Zäune zu errichten.
Besorg mir nur einen Wallach.
Damit kann ich ohne weiteres darauf verzichten,
Bauer Ruprechts Schwiegersohn zu werden.
Auf keinen Fall will ich wegen einer Frau verlottern.«

Der Vater antwortete: »Nun schweig erst einmal, mein Junge,
und höre zu, was ich dir zu sagen habe.
Wer sich an eine gute Lehre hält,
hat Nutzen und gewinnt Ansehen.
Kinder jedoch, die den Rat ihres Vaters
immerfort in den Wind schlagen,
enden zuletzt in Schande
und Verderben.
Wenn du unbedingt
zu hochwohlgeborenen Rittern gehen
und es ihnen gleichtun willst,
kann das nur schiefgehen.
Sie werden dich auf jeden Fall ablehnen.
Und auch das glaube mir:
Kein Bauer wird Mitleid
mit deinen Kränkungen haben.
Wenn ein richtiger Ritter einem Bauern
alles nimmt, was der mit seiner Hände Arbeit geschaffen hat,
geht es dem am Ende vor Gericht immer noch besser
als dir. Denn davon kannst du ausgehen:
Wenn du einem Bauern etwas wegnimmst, nur weil du Hunger hast,
mein Bester,

gewinnet er dîn oberhant,
sô bist dû bürge unde phant
für alle, die im iht haben genomen.
er lât dich niht zu rede komen,
die phenninge sint alle gezalt;
ze gote hât er sich versalt,
sleht er dich an dem roube.
lieber sun, geloube
mir diu mære und belîp
und nim ein êlîchez wîp.«

Er sprach: »Vater, swaz sô mir geschiht,
ich lâze mîner verte niht;
ich muoz bînamen in die büne.
nû heiz ander dîne süne,
daz si sich mit dem phluoge müen.
ez müezen rinder vor mir lüen,
die ich über ecke trîbe.
daz ich sô lange belîbe,
des irret mich ein gurre;
daz ich niht ensnurre
mit den andern über ecke
und die gebûren durch die hecke
niht enfüere bî dem hâre,
daz ist mir leit zewâre.
die armuot möht ich niht verdoln;
swenne ich driu jâr einen voln
züge und als lange ein rint,
der gewin wære mir ein wint.
ich wil rouben alle tage,
dâ mite ich mich wol bejage

und der dich zu fassen kriegt,
büßt du für alle mit,
die ihm jemals etwas gestohlen haben.
Du kommst gar nicht erst zu Wort,
bis du auch den letzten Cent bezahlt hast.
Außerdem kann er sich auf Gottes Gnade verlassen,
wenn er dich beim Rauben erschlägt.
Mein Junge, vertraue mir:
bleib hier
und heirate.«

Der Sohn erwiderte: »Vater, was auch immer passiert,
ich rücke nicht von meinem Vorsatz ab.
Ich will nun einmal bei den Herren sitzen.
Du hast andere Söhne,
die sich mit dem Pflug abrackern mögen.
Vor mir sollen dagegen die Rinder brüllen,
wenn ich sie wegtreibe.
Dass ich mich hier überhaupt noch so lange aufhalte,
liegt nur daran, dass mir ein hundsgemeines Pferd fehlt.
Ich könnte mich schwarz ärgern,
dass ich nicht schon längst
mit den andern davongaloppiert bin
und die Bauern bei ihren Haaren
durch die Hecken schleife.
Ich kann diese Armut hier nicht länger ertragen.
Würde ich drei Jahre lang ein Fohlen
oder ein Rind aufziehen,
wäre das Verdienst daran ein glattes Nichts.
Ich will lieber Tag für Tag auf Raub ausgehen.
Dann kann ich ein wirklich gutes Leben führen,

mit vollecl̂icher koste
und den lîp vor froste
wol behalde in dem winder,
ez enwelle et niemen rinder.
vater, balde île,
entwâle deheiner wîle,
gip den meidem balde mir:
ich belîbe niht lenger bî dir.«

Die rede wil ich kürzen.
einen loden von drîzec stürzen
(alsô saget uns daz mære,
daz der lode wære
aller loden lengest)
den gap er an *den* hengest
und guoter küeje viere,
zwêne ohsen und drî stiere
und vier mütte kornes.
owê dir guot verlornez!
er koufte den hengest umb zehen phunt:
er hêt in an der selben stunt
kûme gegeben umbe driu:
owê verlorniu sibeniu!

Dô der sun wart bereit
und er sich hêt an geleit,
nû hœret, wie der knabe sprach.
er schutte daz houbet unde sach
ûf ietweder ahselbein:
»ich bizze wol durch einen stein;

mit reichlichem Essen,
mit Schutz vor Kälte
im Winter –
solange es noch genügend Leute gibt, die Rinder
kaufen.
Vater, beeile dich
und zögere nicht länger,
besorge mir auf der Stelle den Wallach.
Ich bleibe sowieso nicht bei dir.«

Das Weitere gebe ich nur in Kurzfassung wieder:
Der Vater nahm dreißig Lagen Lodenstoff
(nach meiner Quelle
war dieser Ballen
der größte, der je angelegt wurde)
und tauschte ihn gegen den Wallach.
Zusätzlich wurde er noch vier beste Kühe,
zwei Ochsen, drei Stiere
und vier Scheffel Korn los.
Jammer um das vergeudete Vermögen!
Der Wallach kostete ihn damit zehn Pfund Silber,
wogegen er beim Wiederverkauf
höchstens noch drei bekommen hätte.
Jammer über die sieben verlorenen Pfund!

Als der Sohn fertig zur Abreise war
und seine Gewänder schon angelegt hatte,
sprach er noch einmal mit dem Vater.
Er schüttelte seine Mähne,
blickte über beide Schultern zurück und sagte:
»Ich könnte wahrhaftig einen Stein zerbeißen,

ich bin sô muotes ræze,
hei waz ich îsens *æze*!
ez næme der keiser für gewin,
vienge ich in niht und züge in hin
und beschazte in unz an den slouch
und den herzogen ouch
und eteslîchen grâven.
über velt wil ich draven
âne angest mînes verhes
und alle welt dwerhes.
lâ mich ûz dîner huote;
hinnen für nâch mînem muote
wil ich selbe wahsen.
vater, einen Sahsen
züget ir lîhter danne mich.«
er sprach: »sun, sô wil ich dich
mîner zühte lâzen frî.
nû zuo des der neve sî!
sît ich mîne zuht sol mîden
an dem ûfrîden,
sô hüete dîner hûben
und der sîdînen tûben,
daz man die indert rüere
oder mit übele *iht* zefüere
dîn langez valwez hâre.
und wilt dû zewâre
mîner zühte nimmêre,
sô vürhte ich vil sêre,
dû volgest ze jungest einem stabe
und swar dich wîset ein kleiner knabe.«

so wild ist mir zumute.
Am liebsten fräß' ich Eisen.
Selbst der Kaiser kann von Glück reden,
wenn ich ihn mir nicht schnappte, abschleppte
und bis aufs Hemd ausplünderte.
Das gleiche gilt für den Herzog
und ein ganzes Aufgebot von Grafen.
Ich will über jedes Feld traben,
ohne Furcht um mein Leben,
quer durch die ganze Welt.
Entlass mich nur aus deiner väterlichen Obhut.
Ab sofort will ich
nur nach eigenem Gusto leben.
Wirklich, Vater, einen dickköpfigen Niedersachsen
könntet ihr eher erziehen als mich.«
Der Vater erwiderte: »Mein Junge, dann muss ich dich
wirklich aus meiner Obhut entlassen.
Ich will dann aber auch nichts mehr mit dir zu tun haben.
Wenn ich schon nicht mehr für den sorgen darf,
der so hoch hinaus will,
dann achte eben selbst auf deinen Hut
mit den Tauben aus Seide,
dass man die nicht etwa anrührt
oder dir gar
dein langes blondes Haar durcheinanderbringt.
Wenn du dich wirklich für immer meiner Obhut
entziehen willst,
dann fürchte nur eines:
dass du am Ende einem Stock dorthin folgen wirst,
wohin dich ein kleiner Junge führt.«

der vater sprach: »sun, vil lieber knabe,
lâ dich noch rihten abe.
dû solt leben des ich lebe
und des dir dîn muoter gebe.
trinc wazzer, lieber sun mîn,
ê dû mit roube koufest wîn.
da ze Ôsterrîche clamirre,
ist ez jener, ist ez dirre,
der tumbe und der wîse
habent ez dâ für herren spîse.
die solt du ezzen, liebez kint,
ê dû ein geroubtez rint
gebest umb eine henne
dem wirte eteswenne.
dîn muoter durch die wochen
kan guoten brîen kochen:
den solt du ezzen in den grans,
ê dû gebest umb eine gans
ein geroubtez phärit.
sun, und hêtest dû den sit,
sô lebtest dû mit êren,
swar dû woldest kêren.
sun, den rocken mische
mit habern, ê dû vische
ezzest nâch unêren:
sus kan dîn vater lêren.
volge mir, sô hâstu sin;
sî des niht, sô var dâ hin.

Und der Vater sprach noch weiter: »Mein Sohn, lieber Junge,
wenn du dich doch nur von deinem Vorhaben abbringen ließest.
Du kannst von dem leben, wovon auch ich lebe
und was dir deine Mutter zur Verfügung stellt.
Trink lieber frisches Wasser, mein Junge,
statt dass du dir von deinen Räubereien Wein kaufst.
Was man drüben in Österreich Klammer nennt,
mit Fleisch gefüllte Pasteten,
das halten alle hier, die schlichten Gemüter wie die Kenner,
für eine ausgesprochene Herrenspeise.
Die solltest du essen, mein Junge,
statt da, wo du einkehrst,
ein geraubtes Rind
für ein Huhn zu verschleudern.
Deine Mutter kocht dir die ganze Woche
den besten Brei.
Mit dem solltest du dir den Bauch vollstopfen,
statt für eine Gans
ein geklautes Pferd zu geben.
Mein Junge, wenn du dich daran hieltest,
würdest du überall in Ehren leben,
wohin du auch immer kommst.
Mein Junge, misch lieber den Roggen
mit Hafer, statt teuren Fisch
mit Schanden zu verzehren.
Das rät dir jedenfalls dein Vater.
Höre auf mich, dann handelst du klug.
Wenn aber nicht, dann fahr wirklich zum Teufel.

erwirbstu guot und êren vil,
für wâr ich des niht enwil
mit dir haben gemeine:
hab ouch den schaden eine.«

Er sprach: »dû solt trinken, vater mîn,
wazzer, sô wil ich trinken wîn.
und izze dû gîselitze,
sô wil ich ezzen ditze,
daz man dâ heizet huon versoten;
daz wirt mir nimmer verboten.
ich wil ouch unz an mînen tôt
von wîzen semeln ezzen brôt:
haber *der* ist dir geslaht.
man liset ze Rôme an der phaht,
ein kint gevâhe in sîner jugent
von sînem toten eine tugent.
ein edel ritter was mîn tote:
sælec sî der selbe gote
von dem ich sô edel bin
und trage sô hôchvertigen sin!«

Der Vater sprach: »nû gloube daz,
mir geviele et michel baz
ein man, der rehte tæte
und dar an belibe stæte.
wær des geburt ein wênic laz,
der behagte doch der werlde baz
dan von küneges fruht ein man,
der tugent noch êre nie gewan.
ein frumer man von swacher art
und ein edel man, an dem nie wart

Wie reich und angesehen du dann auch werden solltest:
Ich will weiß Gott
nichts davon mit dir teilen.
Du sollst dann aber auch den Schaden allein tragen.«

Der Sohn antwortete: »Trink du nur dein Wasser, Vater,
ich ziehe den Wein vor.
Iss du deinen Haferbrei,
ich verspeise lieber,
was man bei Hofe Brathuhn nennt.
Das lass ich mir jedenfalls nicht mehr verbieten.
Auch will ich bis zu meinem Tode
nur noch Brot aus hellem Weizenmehl essen.
Zu dir passt eben Hafer.
Im römischen Recht findet sich die Bestimmung,
dass ein Kind ganz jung
etwas von seinem Paten erhält.
Mein Pate war ein vornehmer Ritter.
Selig möge er werden,
weil ich durch ihn so vornehm wurde
und auf Großes hinaus bin.«

Der Vater sagte: »Das kannst du mir glauben:
Mir gefällt sehr viel besser
jemand, der rechtschaffen ist
und daran immer festhält.
Wer nicht das Glück einer hohen Geburt hat,
ist der Welt immer noch lieber
als jemand aus königlichem Stamm,
der aber nichts taugt und auch kein Ansehen gewinnt.
Wenn ein tüchtiger Mann von einfachem Herkommen
und ein adliger Nichtsnutz

weder zuht noch êre bekant,
und koment die bêde in ein lant,
dâ nieman weiz, wer si sint,
man hât des swachen mannes kint
für den edelen hôchgeborn,
der für êre hât schande erkorn.
sun, und wilt dû edel sîn,
daz rât ich ûf die triuwe mîn,
sô tuo vil edellîche:
guot zuht ist sicherlîche
ein krône ob aller edelkeit;
daz sî dir für wâr geseit.«

Er sprach: »vater, dû hâst wâr.
mich enlât mîn hûbe und mîn hâr
und mîn wol stânde gewæte
niht belîben stæte.
diu sint beidiu sô glanz,
daz si baz zæmen einem tanz
dan der eiden oder dem phluoc.«
»wê daz dich dîn muoter getruoc!«
sprach der vater zuo dem sun.
»dû wilt daz beste lân und daz bœse tuon.
sun, vil schœner jungelinc,
dû solt sagen mir ein dinc,
ob dir wonen witze bî,
weder baz lebendiger sî:
dem man fluochet unde schiltet
und des al diu werlde engiltet

ohne jedes Ansehen
in ein Land kommen,
wo niemand sie kennt,
dann wird man den Sohn des einfachen Mannes
für den Adligen halten,
während umgekehrt der adlig Geborene statt Ehre
Schande erfährt.
Mein Junge, wenn du wirklich von Adel sein willst
– darauf schwöre ich jeden Eid –,
so handle auch adlig.
Nur wirklich gutes Benehmen ist auch
die Krönung jeder adligen Abstammung,
das kannst du mir glauben.«

Der Junge antwortete: »Vater, meinetwegen sollst du
recht haben.
Doch mein Hut, mein Haar
und meine vornehme Kleidung
lassen es einfach nicht zu, dass ich auf Dauer hier bleibe.
Das alles funkelt und glänzt
und passt viel besser zum Tanz
als zu Egge oder Pflug.«
»Ach, dass dich Mutter geboren hat«,
sagte der Vater.
»Du willst das Beste lassen und Böses tun.
Mein Sohn, du wundervoller junger Mann,
sage mir bitte nur das eine,
falls du noch bei Verstand bist,
wer nämlich das bessere Leben führt:
der, den man zum Teufel wünscht, den man tadelt,
durch den alle Welt zu Schaden kommt,

und mit der liute schaden lebet
und wider gotes hulde strebet –
nû welhes leben ist reiner?
sô ist aber einer,
des al diu welt geniuzet
und den des niht verdriuzet,
er werbe naht unde tac,
daz man sîn geniezen mac,
und got dar under êret;
swelhez ende er kêret,
dem ist got und al diu welt holt.
lieber sun, dû mir solt
mit der wârheit sagen daz,
weder dir nû gevalle baz.«

»Vater mîn, daz tuot der man,
des man niht engelten kan
und des man geniezen sol.
der ist lebendiger wol.«
»lieber sun, daz wærest dû,
ob dû mir woldest volgen nû.
sô bûwe mit dem phluoge;
sô geniezent dîn genuoge:
dîn geniuzet sicherlîche
der arme und der rîche,
dîn geniuzet der wolf und der ar
und alliu creatûre gar
und swaz got ûf der erden
hiez ie lebendic werden.
lieber sun, nû bouwe:
jâ wirt vil manec frouwe

der vom Verderben der anderen lebt
und der sich gegen Gottes Güte auflehnt
– noch einmal: wer ist besser –
oder der,
der aller Welt Vorteil bringt,
den nichts davon abhält,
Tag und Nacht zu arbeiten,
so dass er Nutzen stiftet,
der damit Gott die Ehre erweist
und überall, wo er hinkommt,
Gott und die Welt wohlgesinnt findet?
Mein Junge,
sag mir ehrlich,
wer von diesen beiden dir wirklich besser gefällt.«

»Vater, natürlich der,
der niemandem schadet,
sondern der allen nützt.
Der führt natürlich das bessere Leben.«
»Mein Junge, genau dieser Mann könntest du sein,
wenn du mir nur folgen wolltest.
Bestelle nur mit dem Pflug das Feld,
das bringt vielen Vorteil.
Ganz sicher werden dann
Arme und Reiche,
Wolf und Adler
wie alle anderen Geschöpfe Nutzen haben
und überhaupt alles, was Gott auf Erden
ins Leben gerufen hat.
Mein Junge, bestelle nur endlich das Feld.
Du kannst mir glauben: Alle Edelfrauen

von dem bûwe geschœnet,
manec künec wirt gekrœnet
von des bûwes stiuwer.
wan nieman wart sô tiuwer,
sîn hôchvart wære kleine
wan durch daz bû aleine.«

Er sprach: »vater, dîner predige
got mich schiere erledige.
ob ûz dir worden wære
ein rehter predigære,
dû bræhtest liute wol ein her
mit dîner predige über mer.
vernim waz ich dir sagen wil:
bûwent die gebûren vil,
si ezzent wol dester mê.
swie halt mir mîn dinc ergê,
ich wil dem phluoge widersagen.
und sold ich *swarze* hende tragen
von des phluoges schulde,
sô mir gotes hulde,
sô wær ich immer geschant,
swenne ich tanzte an frouwen hant.«

Der vater sprach: »nû vrâge,
daz dich *des* iht betrâge,
swâ dû sîst den wîsen bî,
mir troumte ein troum, waz daz sî.
dû hêtest zwei lieht in der hant,
diu brunnen, daz si durch diu lant

verdanken ihre Schönheit der Arbeit der Bauern
und auch alle Könige besitzen ihre Krone
nur aufgrund der bäuerlichen Abgaben.
Denn wie vornehm einer auch immer ist –
sein Stolz wäre dahin,
wenn es uns Bauern mit der Feldarbeit nicht gäbe.«

Der Sohn erwiderte: »Vater, würde mich Gott doch endlich
von deiner Moralpredigt erlösen.
Wenn aus dir
ein richtiger Prediger geworden wäre,
so hättest du gewiss mit deinem Talent
ein ganzes Heer zur Kreuzfahrt überredet.
Aber höre nun auch, was ich dir jetzt sage:
Wenn die Bauern viel Korn anbauen,
dann fressen sie auch umso mehr.
Wie auch immer es mir ergehen wird –
ich bin entschlossen, dem Pflug zu entsagen.
Wenn meine Hände jemals
vom Pflügen verdreckt sein sollten,
so müsste ich mich, beim Allmächtigen,
für immer schämen,
wenn ich den Damen die Hand zum Tanze reichte.«

Der Vater antwortete: »Dann frag nur
– und lass es dir nicht zu schwer dabei werden –
ringsherum weise Männer,
was folgender Traum bedeutet, den ich geträumt habe.
Du hattest zwei Lichter in der Hand,
die brannten so hell, dass ihr Schein

lûhten mit ir schîne.
lieber sun der mîne,
sust troumt mir vert von einem man,
den sach ich hiure blinden gân.«
er sprach: »vater, daz ist guot.
ich gelâze nimmer mînen muot
umb sus getâniu mære;
ein zage ich danne wære.«
in enhalf et niht sîn lêre.
er sprach: »mir troumte mêre:
ein fuoz dir ûf der erde gie,
dâ stüende dû mit dem andern knie
hôhe ûf einem stocke;
dô ragete dir ûz dem rocke
einez als ein ahsendrum.
sol dir der troum wesen frum,
oder waz er bediute,
des frâge wîse liute.«

Er sprach: »daz ist sælde unde heil
und aller freuden teil.«
er sprach: »sun, noch troumte mir
ein troum, den wil ich sagen dir.
dû soldest fliegen hôhe
über walt und über lôhe:
ein vettich wart dir versniten:
dô wart dîn vliegen vermiten.
sol dir der troum guot sîn?
owê hende, füeze und ougen dîn!«

durchs ganze Land leuchtete.
Mein Junge,
genau dasselbe träumte ich im vorigen Jahr von einem
Mann,
den ich heute blind herumtappen sah.«
Der Junge sagte: »Vater, lass es gut sein.
Ich werde jedenfalls niemals meinen Vorsatz
wegen einer solchen Träumerei aufgeben.
Dann wäre ich ja ein elender Feigling.«
Keinen Schritt war der Vater weitergekommen.
Trotzdem fuhr er fort: »Ich habe noch mehr geträumt.
Und zwar gingst du mit einem Fuß auf der Erde,
das andere Bein bestand ab dem Knie
aus einem Stelzfuß.
Aus dem Ärmel
ragte dir eine Art Stumpf heraus.
Wenn dir dieser Traum etwas nützen soll,
frage nur entsprechende Kenner,
was er bedeutet.«

Der Sohn antwortete: »Er bedeutet Glück und Heil.
Ich werde große Freuden erleben.«
Der Vater darauf: »Mein Junge, ich habe weitergeträumt.
Auch das will ich dir wiedergeben.
Es war so, als wolltest du hoch
über Wald und Busch hinwegfliegen.
Aber dir war ein Flügel gestutzt,
weshalb es mit dem Fliegen nicht klappte.
Sollte auch dieser Traum nur Gutes für dich bedeuten?
Ich denke eher mit Schrecken an deine Hände, Füße und
Augen.«

vater, al die tröume dîn
sint vil gar diu sælde mîn«,
sprach der junge Helmbreht.
»schaf dir umb einen andern kneht:
dû bist mit mir versoumet,
swie vil dir sî getroumet.«
er sprach: »sun, all die tröume sint ein wint,
die mir noch getroumet sint:
nû hœr von einem troume.
dû stüende ûf einem boume:
von dînen füezen unz an daz gras
wol anderhalp klâfter was;
ob dînem houpte ûf einem zwî
saz ein rabe und ein krâ dâ bî.
dîn hâr was dir bestroubet:
dô strælte dir dîn houbet
zeswenhalp ein rabe dâ,
winsterhalp schiet *dirz* diu krâ.
owê, sun, des troumes!
owê, sun, des boumes!
owê *des* raben! owê *der* krân!
jâ wæn ich riuwec bestân,
des ich an dir hân erzogen,
mir habe der troum danne gelogen.«

»Ob dir nû, vater, wizze Krist,
troumte allez, daz der ist,
beide übel unde guot,
ich gelâze nimmer mînen muot
hinnen unz an mînen tôt.
mir wart der verte nie sô nôt.

»Vater, deine Träume
bedeuten für mich nichts anderes als Glück«,
antwortete der junge Helmbrecht.
»Sieh dich einfach nur nach einem anderen Knecht um.
Mit mir kannst du jedenfalls nicht länger rechnen,
wie viel du dir auch zusammengeträumt hast.«
Der Vater sagte: »Mein Junge, alle Träume,
die ich bisher geträumt habe, sind noch gar nichts –
höre nur erst meinen letzten Traum.
Du hingst an einem Baum,
von deinen Füßen waren es bis zum Gras
gut zwei Meter.
Über deinem Kopf saßen auf einem Ast
ein Rabe und daneben eine Krähe.
Dein struppiges Haar
kämmte dir
rechts der Rabe,
links zog dir die Krähe den Scheitel.
Ach, mein Junge, dieser Traum!
Ach, mein Junge, dieser Baum!
Und dieser Rabe, diese Krähe!
Ich fürchte, ich werde noch bereuen,
dich großgezogen zu haben –
wenn dieser Traum mich nicht betrog.«

»Vater, in Christi Namen: Wenn du auch
von allem geträumt hättest,
was es überhaupt Schlimmes und Gutes gibt,
so werde ich dennoch meinen Entschluss
bis zu meinem Tod nicht ändern.
Noch nie war mir so klar, dass ich von hier fort muss.

vater, got der hüete dîn
und ouch der lieben muoter mîn;
iuwer beider kindelîn
müezen immer sælec sîn.
got habe uns alle in sîner phlege.«
dâ mite reit er ûf die wege.
urloup nam er zuo dem vater;
hin drâte er über den gater.
  Sold ich allez sîn geverte sagen,
daz enwurde in drîen tagen
oder lîhte in einer wochen
nimmer gar volsprochen.

Ûf eine burc kom er geriten.
dâ was der wirt in den siten,
daz er urliuges wielt
und ouch vil gerne die behielt,
die wol getorsten *rîten*
und mit den vînden *strîten*.
dâ wart der knabe gesinde.
an roube wart er sô swinde,
swaz ein ander ligen liez,
in sînen sac erz allez stiez.
er nam ez allez gemeine:
dehein roup was im ze kleine,
im was ouch niht ze grôz.
ez wære rûch, ez wære blôz,
ez wære krump, ez wære sleht,
daz nam allez der junge Helmbreht,
des meier Helmbrehtes kint.
er nam daz ros, er nam daz rint,

Vater, sei Gott befohlen,
auch du, liebe Mutter.
Allen euren Kindern
möge es immer bestens ergehen.
Gott möge uns alle behüten.«
Damit lenkte er auf die Straße,
verabschiedete sich vom Vater
und war mit einem Satz über den Zaun.
Wollte ich nun erzählen, wo es ihn überall hintrieb,
ließe sich dies nicht in drei Tagen,
ja nicht in einer Woche
zustande bringen.

Schlussendlich gelangte er auf eine Burg.
Weil deren Herr ständig
Fehde führte,
war ihm jeder willkommen,
der mutig im Sattel sitzen
und sich tapfer mit Gegnern herumschlagen konnte.
Dort trat der Bursche in Dienst.
Auf Raub verstand er sich so großartig,
dass er alles, was andere verschmähten,
in seine Satteltasche stopfte.
Er raffte ohne Ausnahme zusammen,
keine Beute war ihm zu gering,
auch nichts zu schwer.
Ob struppig oder glatt,
ob krumm oder gerade,
alles nahm er mit, der junge Helmbrecht,
der Sohn des Pächters gleichen Namens.
Er raubte Pferde, er raubte Rinder,

er lie dem man niht leffels wert;
er nam wambîs unde swert,
er nam mandel unde *roc*,
er nam die geiz, er nam den *boc*,
er nam die ou, er nam den wider:
daz galt er mit der hiute sider.
röckel, pheit dem wîbe
zôch er ab dem lîbe,
ir kürsen und ir mandel:
des hêt er gerne wandel
gehabt, dô in der scherge machete zam,
daz er wîben ie genam:
daz ist sicherlîchen wâr.
ze wunsche im daz êrste jâr
sîne segelwinde duzzen
und sîniu schef ze heile fluzzen.
sînes muotes wart er sô geil,
dâ von daz im der beste teil
ie geviel an *gewinnen*.
    dô begunde er heim sinnen,
als ie die liute phlâgen
heim zuo ir mâgen.
ze hove er urloup nam
und ze dem gesinde sam,
daz si got der guote
hêt in sîner huote.

Hie hebet sich ein mære,
daz vil müelîch wære
ze verswîgen den liuten.
kunde ich ez bediuten,

er ließ niemandem auch nur einen Pappenstiel.
Er raubte Kettenpanzer und Schwerter,
er raubte Mäntel und Röcke,
er raubte Ziegen, er raubte Böcke,
er raubte Schafe, er raubte Widder –
dafür musste er später allerdings schwer büßen.
Rock und Hemd riss er
den Frauen vom Leibe,
ihren Pelz und ihren Mantel.
Gerade diesen Raub hätte er
allerdings gerne rückgängig gemacht,
als ihn später der Henkersknecht am Wickel hatte –
klare Tatsache.
Im ersten Jahr aber bliesen ihm
die Segelwinde noch ganz nach Wunsch,
seine Schiffe schwammen erfolgreich.
Deshalb wurde er auch so übermütig und dreist,
weil ihm immer der beste Teil
der ganzen Beute zufiel.
Aber mit der Zeit plagte ihn das Heimweh,
wie denn zu allen Zeiten die Menschen
zu den Ihren wollen.
Dem Herrn am Hof und den Dienstmannen
sagte er Lebewohl
und wünschte ihnen,
dass der liebe Gott sie behüten möge.

Hier beginnt nun eine Geschichte,
die den Zuhörern unter keinen Umständen
verschwiegen werden darf.
Könnte ich es nur anschaulich genug darstellen,

wie man in dâ heime enphie!
ob man iht gegen im gie?
nein, ez wart geloufen,
alle mit einem houfen,
einez für daz ander dranc;
vater unde muoter spranc,
als in nie kalp ersturbe.
wer daz botenbrôt erwurbe?
dem knehte gap man âne fluoch
beide hemde unde bruoch.
    sprach daz vrîwîp und der kneht:
»bis willekomen, Helmbreht!«?
nein, si entâten,
ez wart in widerrâten.
si sprâchen: »juncherre mîn,
ir sult got willekomen sîn!«
er sprach: »vil liebe swester kindekîn,
got lât iuch immer sælec sîn!«
diu swester engegen im lief,
mit den armen si in umbeswief.
dô sprach er zuo der swester:
»gracia vester!«
hin für was den jungen gâch,
die alten zugen hinden nâch;
si enphiengen in beide âne zal.
zem vater sprach er: »*dê ûs* sal!«
zuo der muoter sprach er sâ
bêheimisch: »dobra ytra!«
si sâhen beide einander an,
beide daz wîp und der man.

welch einen Empfang man ihm zu Hause bereitete!
Ob man ihm etwa entgegenging?
O nein, man rannte,
alle zusammen,
und einer drängte sich vor den andern.
Auch Vater und Mutter sputeten sich
noch mehr, als wenn ihnen ein Kalb zu verenden drohte.
Wer mag wohl den Botenlohn erhalten haben?
Vor lauter Freude bekam der Knecht
ein neues Hemd und eine neue Hose geschenkt.
Sagten die Großmagd und der Knecht vielleicht:
»Herzlich willkommen, Helmbrecht«?
Nein, das taten sie keineswegs,
denn man hatte ihnen ganz anderes beigebracht.
Sie sagten nämlich: »Junger Herr,
grüß Euch Gott!«
Er antwortete: »Liebes Schwesterken,
Gott lasse Euch immer glücklich sein!«
Die Schwester lief ihm entgegen
und umarmte ihn stürmisch.
Zu ihr sagte er:
»Gracia vester!«
Die Jungen stürmten vorneweg,
die Alten zottelten langsam hinterher.
Die Begrüßung nahm überhaupt kein Ende.
Zum Vater sagte er: »Dieu vous salve!«
Zur Mutter sagte er sogleich
auf Tschechisch: »Dobrí jitro!«
Verdutzt sahen sich die beiden an,
sowohl der Mann wie die Frau.

diu hûsfrou sprach: »herre wirt,
wir sîn der sinne gar verirt.
er ist niht unser beider kint:
er ist ein Bêheim oder ein Wint.«
der vater sprach: »er ist ein Walh.
mîn sun, den ich got bevalh,
der ist ez niht sicherlîche
und ist im doch gelîche.«
dô sprach sîn swester Gotelint:
»er ist niht iuwer beider kint.
er antwurt mir in der latîn:
er mac wol ein phaffe sîn.«
»entriuwen«, sprach der vrîman,
»als ich von im vernomen hân,
sô ist er ze Sahsen
oder ze Brâbant gewahsen.
er sprach ›liebe swester kindekîn‹:
er mac wol ein Sahse sîn.«

Der wirt sprach mit rede sleht:
»bist dûz mîn sun Helmbreht,
dû hâst mich gewunnen dâ mite,
sprich ein wort nâch unserm site,
als unser vordern tâten,
sô daz ichz müge errâten.
dû sprichest immer ›*dê ûs* sal‹,
daz ich enweiz, zwiu ez sal.
êre dîne muoter und mich,
daz dienen wir immer umbe dich:
sprich ein wort tiutischen.
ich wil dir dînen hengest wischen,

Die Bäuerin sagte: »Mein lieber Ehemann,
wir können nicht recht bei Sinnen sein.
Es ist gar nicht unser Sohn,
es ist vielmehr ein Böhme oder ein Wende.«
Der Vater sagte: »Nein, es ist ein Franzose.
Mein Sohn, den ich Gott befohlen hatte,
ist es sicher nicht,
selbst wenn er ihm aufs Haar gleicht.«
Darauf sagte seine Schwester Gotelind:
»Er ist bestimmt nicht Euer Sohn,
denn er begrüßte mich ja auf Latein.
Er kann nur ein Geistlicher sein.«
»Wahrhaftig«, sagte der Großknecht,
»so, wie ich ihn habe reden hören,
ist er in Niedersachsen
oder in Brabant großgeworden.
Er sagte: ›Liebes Schwesterken‹
und kann nur aus dem Norden stammen.«

Der Hausherr fragte darauf geradeheraus:
»Wenn du wirklich mein Sohn Helmbrecht bist,
dann kannst du mich damit überzeugen,
dass du wenigstens ein einziges Wort auf unsere Art sagst,
wie unsere Vorfahren eben,
so dass ich es verstehen kann.
Du sagst zum Beispiel: ›Dieu vous salve‹,
wovon ich nicht weiß, was das bedeutet.
Ehre deine Mutter und mich,
das haben wir um dich verdient,
und sage nur ein einziges deutsches Wort.
Dann werde ich dir deinen Wallach versorgen,

ich selben unde niht *mîn* kneht,
lieber sun Helmbreht,
daz dû immer sælec müezest sîn.«
»ei, waz sacket ir gebûrekîn
und jenez gunêrte wîf?
mîn parit, mînen klâren lîf
sol dehein gebûric man
zewâre nimmer gegrîpen an.«
des erschrac der wirt vil sêre.
dô sprach er aber mêre:
»bist dûz Helmbreht, mîn sun,
ich siude dir noch hînte ein huon
und brâte dir aber einez:
daz rede ich niht meinez.
und bist duz niht Helmbreht, mîn kint,
sît ir ein Bêheim oder ein Wint,
sô vart hin zuo den Winden!
ich hân mit mînen kinden
weizgot vil ze schaffen.
ich gibe ouch keinem phaffen
niht wan sîn barez reht.
sît irz niht Helmbreht,
hêt ich danne alle vische,
irn twaht bî mînem tische
durch ezzen nimmer iuwer hant.
sît ir ein Sahse oder ein Brâbant
oder sît ir von Walhen,
ir müeset iuwer malhen
mit iu hân gefüeret:
von iu wirt niht gerüeret
des mînen niht zewâre,
und wær diu naht ein jâre.

und zwar ich selbst und nicht mein Knecht,
mein lieber Sohn Helmbrecht.
Im übrigen magst du nur immer glücklich sein.«
»Ei was snackt Ihr da, Bäuerken,
und dieses Schandwif?
Min Perd und meinen Lif
soll kein Bauerndepp
mit seinen Pfoten angrabschen.«
Das traf den Bauern zutiefst.
Trotzdem fuhr er fort:
»Wenn du wirklich mein Sohn Helmbrecht bist,
dann koch ich dir gleich heute abend ein Huhn
und brate dir noch eins dazu –
das sage ich nicht nur so.
Wenn du aber nicht mein Sohn Helmbrecht bist,
wenn Ihr ein Böhme oder ein Wende seid,
so schert Euch gefälligst ins Wendenland.
Ich habe mit meinen eigenen Kindern
weiß Gott genug zu tun.
Selbst den Geistlichen gebe ich nur,
was ihnen rechtmäßig zusteht.
Wenn Ihr also nicht Helmbrecht sein solltet,
so bekämt Ihr
an meinem Tisch nichts zu essen –
selbst wenn alle Fische der Welt mir gehören würden.
Wenn Ihr ein Niedersachse oder ein Flame seid
oder aus Frankreich oder Italien stammt,
so könnt ihr gleich
Euren Mantelsack holen.
Denn von dem, was ich besitze,
sollt Ihr auch nicht das mindeste anrühren,
auch wenn diese Nacht ein ganzes Jahr dauert.

ich enhân den mete noch den wîn:
juncherre, ir sult bî den herren sîn!«

Nû was ez harte spâte.
der knabe wart ze râte
in sîn selbes muote:
»sam mir got der guote,
ich wil iu sagen, wer ich sî.
ez ist hie nindert nâhen bî
ein wirt, der mich behalde,
niht guoter witze ich walde,
daz ich mîn rede verkêre:
ich entuon ez nimmer mêre.«

Er sprach: »jâ bin ich ez der.«
der vater sprach: »nû saget wer!«
»der dâ heizet alsam ir.«
der vater sprach: »den nennet mir!«
»ich bin geheizen Helmbreht.
iuwer sun und iuwer kneht
was ich vor einem jâre:
daz sag ich iu zewâre.«
der vater sprach: »nein ir.«
»ez ist wâr!« »so nennet mir
mîne ohsen alle viere!«
»daz tuon ich vil schiere.
der ich dô wîlen phlegte
und mînen gart ob in wegte,
der eine heizet Ûwer:
ez wart nie gebûwer
sô rîche noch sô wacker,
er *zæme* ûf sînem acker.

Ich habe weder Met noch Wein.
Junger Herr, Ihr gehört zu vornehmeren Herren.«

Darüber war es schon recht spät geworden.
Der Bursche überlegte
bei sich:
»Beim gütig Gott,
ich will ihnen lieber sagen, wer ich bin.
Hier gibt es nirgends einen Bauern
in der Nähe, der mich aufnähme.
Ich bin ja nicht recht bei Trost,
dass ich meine Sprache verstelle.
Das lasse ich sofort bleiben.«

Dann sagte er laut: »Ich bin es wirklich.«
Der Vater fragte: »Und wer, bitte, genau?«
»Der genauso heißt wie Ihr.«
Der Vater: »Nennt mir den Namen.«
»Ich heiße Helmbrecht.
Ganz ehrlich:
Noch vor einem Jahr
war ich Euer Sohn und Knecht.«
Der Vater: »Nein, mein Herr.«
»Doch, es stimmt wirklich.« »Dann sagt mir,
wie meine vier Ochsen heißen.«
»Das mache ich sofort.
Von denen, mit denen ich früher arbeitete
und über die ich die Peitsche schwang,
heißt der erste Auer.
Es gibt keinen
reichen und tüchtigen Bauern,
der ihn nicht gerne auf seinem Acker hätte.

der ander der hiez Ræme:
nie rint sô genæme
wart geweten under joch.
den dritten nenne ich iu noch:
der was geheizen Erge.
ez kumt von mîner kerge,
daz ich si kan genennen.
welt ir mich noch erkennen:
der vierde der hiez Sunne.
ob ichs genennen kunne,
des lât mich geniezen:
heizt mir daz tor ûf sliezen!«
der vater sprach: »tür unde tor
dâ solt du niht sîn lenger vor;
beide gadem unde schrîn
sol dir allez offen sîn.«

Unsælde sî verwâzen!
ich bin vil gar erlâzen
sô guoter handelunge,
als dâ hêt der junge.
sîn phärit wart enphettet,
im selben wol gebettet
von swester und von muoter.
der vater gap daz fuoter
weizgot niht mit zadele.
swie vil ich var enwadele,
sô bin ich an deheiner stete,
dâ man mir tuo, als man im tete.
diu muoter *rief* die tohter an:
»dû solt loufen und niht gân

Der zweite hieß Räme –
ein stattlicherer Bursche
ist noch nie ins Joch gespannt worden.
Auch den dritten kann ich Euch ohne weiteres nennen.
Er hieß Erge.
Ich verdanke es meinem klugen Köpfchen,
dass ich sie alle aufzählen kann.
Und wenn Ihr immer noch einen Beweis haben wollt:
Der vierte hieß Sonne.
Und nun belohnt mich dafür,
dass ich sie alle habe nennen können.
Lasst mir endlich das Tor aufmachen.«
Der Vater rief: »Nicht länger sollst du
draußen vor Tür und Tor stehen müssen,
Stuben und Truhen
sollen alle für dich offen sein.«

Verflucht,
mir selbst ist noch nie
eine so großartige Aufnahme zuteilgeworden
wie diesem Bengel.
Das Pferd wurde ihm abgeschirrt,
ihm selbst aufs beste
von Schwester und Mutter das Bett gemacht.
Und auch der Vater
knauserte weiß Gott nicht beim Futter.
Wie viel ich auch kreuz und quer durch die Welt herumziehe,
ich komme nie an einen Ort,
an dem man mich so aufnimmt wie ihn.
Die Mutter rief der Tochter zu:
»Spute dich, trödele nicht rum,

in daz gadem unde reich
einen bolster und ein küsse weich!«
daz wart im under den arm
geleit ûf einen oven warm,
dâ er vil sanfte ûf erbeit,
unz daz ezzen wart bereit.

Dô der knabe erwachet,
daz ezzen was gemachet,
und er die hende hêt getwagen,
hœrt waz für in wart getragen.
ich wil iu nennen die êrsten traht
(wær ich ein herre in hôher aht,
mit der selben rihte
wold ich haben phlihte):
ein krût vil kleine gesniten;
veizt und mager, in bêden siten,
ein guot vleisch lac dâ bî.
hœret, waz daz ander sî:
ein veizter kæse, der was mar;
diu rihte wart getragen dar.
nû hœret, wie ich daz wizze:
nie veizter gans am spizze
bî dem fiure wart gebrâten
(mit willen si daz tâten,
ir deheinez des verdrôz);
si was michel unde grôz,
gelîch einem trappen:
die sazt man für den *knappen*.
ein huon gebrâten, einez versoten,
als der wirt hêt geboten,

hole aus der Kammer
ein Unterbett und ein weiches Kissen.«
Die wurden ihm auf der warmen Ofenbank
unter den Arm geschoben.
Dann legte er sich in aller Ruhe aufs Ohr,
bis das Essen fertig war.

Als der Bursche wach wurde,
war das Essen fertig.
Er wusch sich die Hände
und nun hört, was ihm alles vorgesetzt wurde.
Ich nenne euch zunächst den ersten Gang –
selbst wenn ich ein hoher Herr wäre,
hätte ich davon
gerne etwas abbekommen.
Es gab also fein geschnittenes Weißkraut
und als Beilage
ein Stück gut durchwachsenes Fleisch.
Hört auch den zweiten Gang:
Dabei wurde ein fetter und völlig mürber Käse
als Gericht aufgetragen.
Und hört weiter, wie genau ich unterrichtet bin:
Niemals wurde eine besser gemästete Gans
am Spieß gebraten.
Man hatte sich alle erdenkliche Mühe gegeben
und keinem war es zu viel geworden.
Die Gans war übrigens so groß
wie eine Trappe.
Die setzte man dem Burschen vor.
Ein gebratenes und ein gekochtes Huhn,
wie es der Bauer vorher gesagt hatte,

diu wurden ouch getragen dar.
ein herre *næm* der spîse war,
swenne er gejeides *phlæge*
und ûf einer warte *læge*.
noch spîse maneger hande,
die gebûre nie bekande,
alsô guote lîpnar,
die truoc man für den *knappen* dar.
der vater sprach: »und hêt ich wîn,
der müeste *hînt* getrunken sîn.
lieber sun, nû trinc
den aller besten ursprinc
der ûz erden ie geflôz.
ich weiz niht brunnen sîn genôz,
wan ze Wanchûsen der.«
den treit et uns nû niemen her.
dô si mit freuden gâzen,
der wirt niht wolde lâzen,
er frâgte in der mære,
wie der hovewîse wære,
dâ er wære gewesen bî.
»sage mir, sun, wie der sî:
sô sag ich dir denne,
wie ich etewenne
bî mînen jungen jâren
die liute sach gebâren.«
»vater mîn, daz sage mir,
zehant sô wil ich sagen dir,
swes dû mich frâgen wil:
der niuwen siten weiz ich vil.«

wurden ebenfalls aufgetragen.
Selbst der vornehmste Herr wäre auf solche Braten scharf,
wenn er sich auf der Jagd befände
und sich angeschlichen hätte.
Und dann gab es noch weitere Gerichte,
wie sie kein Bauer jemals kennengelernt hat.
Alle diese Leibgerichte
wurden dem Burschen vorgesetzt.
Der Vater sagte: »Wenn ich Wein hätte,
würden wir den heute abend trinken.
Mein Junge, nimm stattdessen
vom allerbesten Quellwasser,
das je aus der Erde entsprang.
Ich kenne keine Quelle, die dieser gleichkäme,
höchstens noch die in Wanghausen.«
Leider setzt einem armen Erzähler davon niemand etwas vor.
Als sie so vergnügt getafelt hatten,
konnte sich der Hausherr nicht länger zurückhalten
und fragte,
wie es sich auf der Burg lebe,
auf der er sich aufgehalten habe.
»Erzähle mir, Junge, wie es dort zugeht.
Dann will ich dir erzählen,
was ich früher
in meinen jungen Jahren gesehen habe,
wie die Leute damals gelebt haben.«
»Vater, fang nur damit an,
dann will ich dir gleich beantworten,
was du wissen willst.
Mit den neuen Gebräuchen kenne ich mich nämlich bestens aus.«

»Wîlen dô ich was ein kneht
und mich dîn ene Helmbreht
(der mîn vater was genant)
hin ze hove hêt gesant
mit kæsen und mit eier,
als noch tuot ein meier,
dô nam ich der ritter war
und merkte ir geverte gar:
si wâren hovelîch und gemeit
und kunden niht mit schalcheit,
als *nû* bî diesen zîten kan
manec wîp und manec man.
die ritter hêten einen site,
dâ liebten si sich den frouwen mite:
einez ist buhurdiern genant,
daz tet mir ein hoveman bekant,
dô ich in frâgte der mære,
wie ez genennet wære.
si fuoren sam si wolden toben
(dar umbe hôrte ich si loben),
ein schar hin, diu ander her;
ez fuor diser unde der,
als er enen wolde stôzen.
under mînen genôzen
ist ez selten geschehen,
daz ich ze hove hân gesehen.
als si danne daz getâten,
einen tanz si *dô* trâten
mit hôchvertigem sange;
daz kurzte die wîle lange.

»Damals, als ich noch Knecht war
und mich dein Großvater Helmbrecht,
also mein Vater,
mit Käse und Eiern
auf die Burg schickte
– genau so, wie noch heute jeder Pächter –,
da schaute ich den Rittern zu
und achtete genau darauf, wie sie sich aufführten.
Höfisch gesittet waren sie und immer frohgemut.
Sie hielten nichts von Schurkenstreichen
wie heutzutage
viele Frauen und Männer.
Diese Ritter wollten mit allerlei höfischen Künsten
den Edelfrauen gefallen.
Eine dieser Künste war das sogenannte Buhurdieren.
Ein Höfling erklärte mir
auf meine Frage genau,
was es damit auf sich hatte.
Sie galoppierten wie rasend aufeinander los –
das brachte ihnen Lob ein.
Eine Gruppe bewegte sich hierhin, die andere dorthin,
dieser und jener sprengten los,
als wollten sie sich vom Pferd stoßen.
Bei uns auf dem Lande
hat es so etwas
wie auf der Burg nie gegeben.
Als sie davon genug hatten,
tanzten sie einen Reigen
mit fröhlichem Gesang.
Das verkürzte ihnen die Langeweile.

vil schiere kom ein spilman,
mit sîner gîgen huop er an:
dô stuonden ûf die frouwen,
die möht man gerne schouwen;
die ritter gegen in giengen,
bî handen si si viengen.
dâ was wunne überkraft
von frouwen und von ritterschaft
in süezer ougenweide.
juncherren unde meide:
si tanzten frœlîche,
arme unde rîche.
als des danne nimmer was,
sô gie dar einer unde las
von einem, der hiez Ernest.
swaz ieglîcher aller gernest
wolde tuon, daz vander.
dô schôz aber der ander
mit dem bogen zuo dem zil.
maneger *freuden* was dâ vil,
ener jagete, diser birste.
der dô was der wirste,
der wære nû der beste.
wie wol ich etewenne weste,
was triuwe und êre mêrte,
ê ez diu valscheit verkêrte!
die valschen und die lôsen,
die diu reht verbôsen
mit ir listen kunden,
die herren in dô niht gunden

Sofort danach trat ein Musikant hinzu
und begann zu fiedeln.
Da erhoben sich die Edelfrauen –
an denen könnte man sich heute noch nicht sattsehen.
Ihnen schritten die Ritter entgegen
und fassten sie an den Händen.
Wirklich ausgelassen und fröhlich waren sie alle,
die Edelfrauen und die Ritter.
Sie boten auch einen wunderschönen Anblick.
Junge Herren und Edelfräulein
tanzten alle frohgemut –
arme und reiche gleichermaßen.
Als auch das schließlich beendet war,
trat ein Mann auf und las die Geschichte
von einem Helden namens Herzog Ernst vor.
Überhaupt unterhielt sich jeder damit,
was ihm am liebsten war.
Man konnte zum Beispiel
mit dem Bogen auf ein Ziel schießen.
Oder es gab sonstige Vergnügungen.
Der eine ging auf Treibjagd, ein zweiter auf die Pirsch.
Der Geringste damals
wäre in heutigen Zeiten der Angesehenste.
Ich war mir damals völlig sicher,
was Treue und Ansehen beförderte,
bevor dann die Ehrlosigkeit alles ins Gegenteil verkehrte.
Die Ehrlosen und die Durchtriebenen,
die alle Rechte und Pflichten
mit ihren Spitzfindigkeiten zu verdrehen wissen,
die fütterte damals kein Herr

dâ ze hove der spîse.
der ist nû der wîse,
der lôsen unde liegen kan,
der ist ze hove ein werder man
und hât guot und êre
leider michels mêre
danne ein man, der rehte lebet
und nâch gotes hulden strebet.
als vil weiz ich der alten site.
sun, nû êre mich dâ mite
und sage mir die niuwen.«

»Daz tuon ich entriuwen.
daz sint nû hovelîchiu dinc:
›trinkâ, herre, trinkâ trinc!
trinc daz ûz, sô trink ich daz!
wie möhte uns immer werden baz?‹
vernim waz ich bediute:
ê vant man werde liute
bî den schœnen frouwen,
nû muoz man si schouwen
bî dem veilen wîne.
daz sint die hœhsten pîne
den âbent und den morgen,
wie si daz besorgen,
ob des wînes zerinne,
wie der wirt gewinne
einen der sî *alsô* guot,
dâ von si haben hôhen muot.
daz sint nû ir brieve von minne:
›vil süeziu lîtgebinne,

auf seiner Burg durch.
Heute aber gilt der als besonders gescheit,
der sich auf Lug und Trug versteht.
So einer ist nun auf der Burg hoch geachtet
und hat leider
sehr viel mehr Besitz und Ansehen
als jemand, der sich rechtschaffen
um Gottes Gnade abmüht.
So viel kenne ich vom Leben in der alten Zeit.
Mein Junge, tu mir nun den Gefallen
und erzähle mir von der heutigen.«

»Also gut. Ich sage dir,
was du jetzt auf einer Burg hören kannst:
›Prost, Ritter, prost, prost!
Schütte dir das in den Hals, dann ich das.
Wie könnten wir je besser leben?‹
Hör zu, was ich dir erklären muss.
Früher saßen die vornehmen Ritter
bei den schönen Edelfrauen.
Heute sieht man sie
nur noch in billigen Kneipen.
Morgens und abends
ist es ihre größte Sorge,
wie sie es hinbekommen,
dass der Hausherr neuen Wein beschafft,
wenn der alte ausgeht,
und zwar ebenso guten,
dem sie ihre Hochstimmung verdanken.
Liebeserklärungen sehen heute so aus:
›Süße Wirtin,

ir sult füllen uns den maser!‹
ein affe und ein narre waser,
der ie gesente sînen lîp
für guoten wîn umbe ein wîp.
swer liegen kan, der ist gemeit,
triegen daz ist hövescheit.
er ist gefüege, swer den man
mit guoter rede versnîden kan.
swer schiltet schalclîche,
der ist nû tugentrîche.
der alten leben, geloubet mir,
die dâ lebent alsam ir,
die sint nû *in* dem banne
und *sint* wîbe und manne
ze genôze alsô mære
als ein hâhære.
âht und ban daz ist ein spot.«
der alte sprach: »daz erbarme got
und sî im immer gekleit,
daz diu unreht sint sô *breit.*
die alten turnei sint verslagen
und sint die niuwen für getragen.
wîlen hôrt man kroyieren sô:
›held ritter, weset frô!‹
nû kroyiert man durch den tac:
›jage, *ritter,* jage jac!
stichâ stich! slahe slach!
stümbel den, der ê gesach!
slach mir dem abe den fuoz!
tuo mir disem der hende buoz!

füllt uns den Becher!‹
Ein total Verrückter,
wer statt nach gutem Wein
nach einer Frau Ausschau hält.
Wer am besten lügt, ist obenauf,
wer am besten betrügt, gilt als vornehm.
Als hoch anständig wird gehandelt, wer einem Menschen
mit Scheinheiligkeit die Ehre abschneidet.
Und wer hinterrücks jemanden verleumdet,
gilt heute als rechtschaffen.
Das Leben der Alten – das glaubt mir –,
die nach eurer Manier leben,
die sind jetzt geächtet.
Bei Männern und Frauen
sind sie in etwa so beliebt
wie der Henker.
Vor Acht und Bann fürchtet sich kein Mensch.«
Der Alte sagte: »Das möge Gott erbarmen,
immer sei ihm geklagt,
dass sich das Unrecht so breitmacht.
Die Turniere, wie ich sie früher kannte, werden nur noch verachtet,
stattdessen sind heute ganz andere aufgekommen.
Früher hörte man den Herold rufen:
›Held Ritter, sei fröhlich!‹
Jetzt ruft man den ganzen Tag:
›Los, auf die Jagd, Ritter, los, auf die Jagd.
Stich zu, stich! Schlag zu, schlag!
Blende den, der vorher sehen konnte!
Hau dem den Fuß ab,
diesem die Hand!

dû solt mir disen hâhen
und enen rîchen *vâhen*:
der gît uns wol hundert phunt.‹«
»mir sint die site alle kunt,
vater mîn, wan daz ich enwil,
ich trûwe dir gesagen vil
niuwan von den niuwen siten:
ich muoz slâfen, ich hân vil geriten,
mir ist hînt ruowe nôt.«
dô tâten si, als er gebôt.
lîlachen was dâ fremde:
ein niuwe gewaschen hemde
sîn swester Gotelint dô swief
über daz bette dâ er slief,
unz ez hôhe wart betaget.
wie er nû vert, daz wirt gesaget.

Ez ist billîch und reht,
daz der junge Helmbreht
ûz ziehe, ob er iht bringe
von hove gämelîcher dinge
dem vater, der muoter und der swester.
jâ zewâre und wester,
waz ez allez wære,
ir lachet der mære,
dem vater brâhte er einen wetzestein,
daz nie mâder dehein
in kumph bezzern gebant,
und eine segens, daz nie hant
sô guote gezôch durch daz gras
(*hei* welh gebûrkleinât daz was!),

Den da sollst du aufhängen
und den Reichen dort fangen:
der zahlt uns bestimmt hundert Pfund Silber!‹« 1035
»Ja, dieses Leben kenne ich auch.
Vater, ich habe nur keine Lust mehr,
dir noch viel mehr
davon zu erzählen.
Ich will mich jetzt lieber schlafen legen, ich bin viel geritten.
Ich brauche heute nacht meine Ruhe.« 1041
Sie erfüllten ihm seinen Wunsch.
Weil es keine Betttücher gab,
breitete seine Schwester Gotelind
ein blütenweißes Hemd 1045
übers Bett, in dem er
bis in den hellen Tag hinein schlief.
Wie alles weiterging, soll nun erzählt werden.

Es ist nur recht und billig,
dass der junge Helmbrecht 1050
auspackt, was er
von der Burg an spaßigen Geschenken
für Vater, Mutter und Schwester mitgebracht hat.
Wahrhaftig, wenn er gewusst hätte,
was er alles anschleppte – 1055
ihr werdet jedenfalls zu lachen haben.
Dem Vater brachte er einen Wetzstein mit:
Kein Mäher hat sich jemals
einen besseren eingesteckt.
Darüber hinaus eine Sense: Keine Hand hat jemals 1060
mit einer so vorzüglichen Gras gemäht –
hei, was für ein Schatz war das für einen Bauern!

und brâhte im ein bîle,
daz in maneger wîle
gesmit sô guotez nie dehein smit,
und eine hacken dâ mit.
ein fuhspelz sô guoter,
den brâht er sîner muoter
Helmbreht, der junge knabe;
den zôch er einem phaffen abe.
ob erz roubte oder stæle,
vil ungerne ich daz hæle,
wær ich sîn an ein ende komen.
einem krâmer hêt er genomen
ein sîdîn gebinde,
daz gap er Gotelinde,
und einen borten *wol beslagen*,
den billîcher solde tragen
eines edelen mannes kint
dan sîn swester Gotelint.
dem knehte schuohe mit riemen
(die hêt er ander niemen
sô verre gefüeret
noch mit handen gerüeret:
sô hövesch was Helmbreht;
wær er noch sînes vaters kneht,
er hêt in lâzen âne schuoch),
dem frîwîbe ein houbettuoch
brâht er und einen bendel rôt:
der zweier was der dierne nôt!
  nû sprechet, wie lange sî
der knappe dem vater bî?

Weiter brachte er ihm ein Beil mit,
wie noch zu keiner Zeit
ein Schmied ein vorzüglicheres geschmiedet hat.
Und zum Schluss auch noch eine Hacke.
Seiner Mutter
schenkte Helmbrecht, der junge Bursche,
einen wundervollen Fuchspelz,
den er einem Geistlichen vom Leibe gezogen hatte.
Ob geraubt oder nur gestohlen:
Ich würde es nicht verheimlichen,
wenn ich nur alles mitbekommen hätte.
Einem Kaufmann hatte er
ein kostbares Seidenband weggenommen,
das er Gotelind schenkte,
dazu einen mit Beschlägen herrlich verzierten Gürtel,
den mit weit mehr Recht
die Tochter eines Edelmanns tragen könnte
als seine Schwester Gotelind.
Dem Knecht übergab er Schnürschuhe.
Die hatte er einzig für ihn
so weit mitgeschleppt
und unterwegs auch nicht angerührt.
So vornehm nämlich benahm sich Helmbrecht:
Wäre er noch seines Vaters Knecht gewesen,
hätte er den Kerl weiter barfuß laufen lassen.
Für die Großmagd brachte er ein Kopftuch
und ein rotes Band mit:
Beides hatte die junge Frau wahrhaftig dringend nötig.
Und nun ratet einmal: Wie lange
blieb der Bursche beim Vater?

siben tage, daz ist wâr.
diu wîle dûhte in ein jâr,
daz er niht enroubte.
zehant er urloubte
von vater und von muoter.
»neinâ, lieber sun vil guoter,
ob dû trûwest geleben,
des ich dir hân ze geben
immer unz an mîn ende,
sô sitz und twach dîne hende;
gâ *niuwan* ûz unde in.
sun, tuo die hovewîse hin;
diu ist bitter und ist sûr.
noch gerner bin ich ein gebûr
danne ein armer hoveman,
der nie huobegelt gewan
und *niuwan* zuo allen zîten
ûf den lîp muoz rîten
den âbent und den morgen
und muoz dar under sorgen,
swenne in sîne vînde vâhen,
stümbeln unde hâhen.«
»vater«, sprach der junge,
»diner handelunge
der solt dû immer haben danc.
doch sît ich niht wînes tranc,
des ist mêr danne ein woche:
des gürt ich drîer loche
an der gürtel mîn hin hinder.
ich muoz et haben rinder,
ê diu rinke gestê
an dirre stat, dâ si was ê.

Ich sage es euch: volle sieben Tage.
Ihm kam diese Zeit ohne den üblichen Raub
allerdings wie ein Jahr vor.
Und so verabschiedete er sich denn Hals über Kopf
von Vater und Mutter.
»Ach nein, mein bester Junge,
wenn du dich doch mit dem begnügen könntest,
was ich dir
bis zu meinem Tode geben kann,
so brauchtest du keinen Schlag mehr zu tun
und könntest ganz nach Belieben kommen und gehen.
Junge, lass das Ritterleben fahren,
das hat einen bösen Nachgeschmack.
Viel lieber will ich ein Bauer sein
als ein armer Ritter,
der kein Pachtgeld bekommt
und den ganzen Tag lang
immer nur sein Leben
riskieren
und sich davor fürchten muss,
dass ihn seine Feinde schnappen,
verstümmeln und aufhängen.«
»Vater«, sagte der Junge,
»für deine Aufnahme
werde ich dir immer dankbar sein.
Doch seit ich keinen Wein mehr getrunken habe,
ist es schon über eine Woche her.
Deshalb musste ich mir den Gürtel
schon um drei Löcher enger schnallen.
Ich brauche einfach Rinder,
damit die Schnalle wieder
sitzt wie zuvor.

ez werdent phlüege gesûmet
und rinder ûf gerûmet,
ê mir der lîp geraste
und aber wider gemaste.
mir hât ein rîcher getân
sô leide, daz mir nie man
alsô vil getân hât:
über mînes toten sât
sach ich in eines rîten.
möht et ers erbîten,
er giltet mir mit houfen:
sîniu rinder müezen loufen,
sîniu schâf, sîniu swîn.
daz er dem lieben toten mîn
alsô zertrat sîn arbeit,
daz ist mir inneclîchen leit.
noch weiz ich einen rîchen man,
der hât mir leide ouch getân:
der âz zuo den krâphen brôt.
rich ich daz niht, so bin ich tôt.
noch weiz ich einen rîchen,
daz mir sicherlîchen
deheiner leider nie getete.
durch eines bischoves bete
wold ichz niht enlân,
daz er mir leides hât getân.«
 der vater sprach: »waz ist daz?«
»er lie die gürtel wîter baz,
do er saz ob sînem tische.
hei swaz ich des erwische

Es müssen wieder Pflüge angehalten
und Rinder beiseitegeschafft werden,
bevor ich mich ausruhen kann
und mir der Bauch wieder so prall wird wie eh und je.
Mich hat im übrigen ein reicher Mann
beleidigt
wie noch keiner.
Ich sah zufällig, wie er
über das Saatfeld meines Paten ritt.
Wenn er nicht schon tot ist,
so soll er es doppelt und dreifach büßen.
Seine Rinder werden rennen müssen,
seine Schafe und Schweine auch.
Dass er meinem lieben Paten
derart seine mühevolle Arbeit zertrampelt hat,
damit hat er mich aufs tiefste gekränkt.
Außerdem kenne ich noch einen weiteren Reichen,
der mich ebenfalls schwer beleidigt hat.
Der hat zu gefüllten Pfannkuchen trockenes Brot gegessen.
Wenn ich so etwas nicht räche, will ich auf der Stelle tot
umfallen.
Schließlich kenne ich noch einen Reichen,
der mich
so tief getroffen hat wie noch keiner.
Selbst wenn ein Bischof Abbitte leisten wollte,
würde ich ihm seine Untat
nicht durchgehen lassen.«
Der Vater fragte: »Und was hat er gemacht?«
»Er hat bei Tisch
den Gürtel um ein paar Löcher gelockert.
Hei, wenn ich kriegen kann,

daz dâ heizet sîn,
daz muoz allez wesen mîn!
daz im ziuhet phluoc und wagen,
daz hilfet mir, daz ich sol tragen
gewant ze wîhennahten.
swie ich daz mac betrahten,
wes wænet et er vil tumber gouch
zewâre und etelîcher ouch,
der mir herzenleit hât getân?
liez ich daz ungerochen stân,
so wær ich niht ein frecher.
der blies in einen becher
den schûm von dem biere.
und ræch ich daz niht schiere,
sô wurd ich nimmer frouwen wert
zewâre und solde ouch nimmer swert
gürten umb mîne sîten.
man hœrt in kurzen zîten
von Helmbrehte mære,
daz wîter hof wirt lære:
vinde ich niht den selben man,
sô trîbe ich doch diu rinder dan.«

Der vater sprach: »nû nenne mir,
daz ichz immer diene hin ze dir,
dîne gesellen, die knaben,
die dich daz gelêret haben,
daz dû dem rîchen manne
sîne *habe* nemest danne,
so er zuo den krâphen izzet brôt.
die nenne mir, des ist mir nôt.«

was ihm gehört,
ist alles mir.
Was seinen Pflug und Wagen zieht,
wird mir zu einem Festgewand
für Weihnachten verhelfen.
Wie ich mir das Ganze auch ansehe:
Was haben sich der dumme Kerl
und all die andern, die mich gekränkt haben,
nur dabei gedacht?
Würde ich es einfach ungestraft durchgehen lassen,
wäre ich ein elender Feigling.
Wieder ein anderer hat den Schaum von seinem Bier
in den Becher seines Nachbarn geblasen.
Würde ich das nicht augenblicklich bestrafen,
wäre ich wahrhaftig niemals einer Edelfrau würdig
und dürfte auch niemals ein Schwert
im Gürtel an der Seite tragen.
Schon bald wird man
von Helmbrecht weitere Heldentaten hören,
wie er zum Beispiel einen großen Bauernhof leergeräumt hat.
Wenn ich schon den Kerl selbst nicht erwische,
so treibe ich ihm doch wenigstens die Rinder fort.«

Der Vater sagte: »Jetzt nenne mir
– ich wäre dir dafür jedenfalls dankbar –
deine Kameraden, die Kumpane,
die dir beigebracht haben,
dem Reichen
sein Hab und Gut wegzunehmen,
nur weil er trockenes Brot zu gefüllten Pfannkuchen aß.
Nenne sie mir, ich will es unbedingt wissen.«

er sprach: »daz ist mîn geselle Lemberslint
und Slickenwider: die zwêne sint
von den ich hân dise lêre.
noch nenne ich dir mêre:
Hellesac und Rütelschrîn,
daz sint die schuolmeister mîn,
Küefrâz und Müschenkelh.
nû sich, herre vater, welh
knaben sint an der schar.
die sehs hân ich genennet gar.
mîn geselle Wolvesguome,
swie liep im sî sîn muome,
sîn base, sîn ôheim und sîn veter,
und wær ez hornunges weter,
er lât niht an ir lîbe
dem manne und dem wîbe
einen vadem *vor* ir scham,
den fremden und den kunden sam.
mîn geselle Wolvesdrüzzel
ûf tuot er âne slüzzel
alliu sloz und îsenhalt.
in einem jâr hân ich gezalt
hundert îsenhalt grôz,
daz ie daz sloz dannen schôz,
als er von verren gie dar zuo.
ros, ohsen unde manec kuo,
diu ungezalt sint beliben,
diu er ûz hove hât getriben,
daz ie daz sloz von sîner stat
schôz, swenne er dar zuo trat.

Der Sohn antwortete: »Meine Kameraden
Lämmerverschlinger
und Widderverschlucker
haben es mir beigebracht.
Ich nenne dir aber auch noch die anderen:
Höllensack und Kastenrüttler
sind ebenfalls meine Lehrer,
weiter Kühefresser und Kelchzerschlager.
Sieh nur, Vater, was für
prächtige Gesellen in unserer Schar sind.
Diese sechs habe ich dir bis jetzt aufgezählt.
Weiter lässt mein Kamerad Wolfsrachen,
so lieb ihm auch
die Menschen sind,
selbst im kältesten Februar
weder Mann noch Frau
auch nur einen einzigen Fetzen
am Leib, womit sie ihre Blöße bedecken können,
ganz gleich, ob er sie kennt oder nicht.
Und mein Kamerad Wolfsschnauze
öffnet ohne Schlüssel
jedes Schloss und jede Schatulle.
In diesem einen Jahr habe ich
schon hundert schwere Schatullen gezählt,
deren Schloss sofort aufsprang,
als er sich ihm bloß von weitem näherte.
Die Pferde, Ochsen und vielen Kühe
sind überhaupt nicht zu zählen,
die er aus den Bauernhöfen weggetrieben hat,
weil immer das Schloss sofort
aufsprang, wenn er darauf zutrat.

noch hân ich einen compân,
daz nie knabe gewan
einen namen alsô hovelîch;
den gap im diu herzoginne rîch,
diu edele und diu frîe,
von Nônarre Narrîe:
der ist geheizen Wolvesdarm.
ez sî kalt oder warm,
roubes wirt er nimmer vol.
diupheit tuot im sô wol,
der enwirt er nimmer sat.
einen fuoz er nie getrat
ûz der übele in die güete.
im strebet sîn gemüete
gegen der übeltæte,
als diu krâ tuot zuo der sæte.«
der vater sprach: »nû sage mir,
wie si sprechen hin zuo dir
ieclîch dîn geselle,
sô er *dir* rüefen welle.«
»vater mîn, daz ist mîn name,
des ich mich nimmer geschame:
ich bin genant Slintezgeu.
die gebûren ich vil selten freu,
die mir sint gesezzen.
ir kint müezen ezzen
ûz dem wazzer daz koch.
leider tuon ich in noch:
dem ich daz ouge ûz drucke,
disen hâhe ich in den rucke,
disen bind ich in den âmeizstoc,
enem ziuhe ich den loc

Und schließlich habe ich einen Kameraden,
der trägt einen derart vornehmen Namen
wie kein Knappe zuvor:
Den hat ihm die mächtige Herzogin,
die edel- und freigeborene
Närrin von Narrenhausen verliehen.
Er heißt nämlich Wolfsbauch.
Ganz gleich, welches Wetter,
er kann nie genug Beute machen.
Beim Rauben fühlt er sich so wohl,
dass er niemals genug davon bekommen kann.
Noch nie ist er auch nur einen Fußbreit
vom Bösen zum Guten hin abgewichen.
All sein Sinnen und Trachten zieht ihn
zum Verbrechen hin
wie die Krähe zur Saat.«
Der Vater sagte: »Nun sage mir auch noch,
wie deine Kameraden
dich selbst nennen,
wenn sie dich rufen.«
»Vater, der Name,
auf den ich mächtig stolz bin,
lautet Landverschlinger.
Die Bauern im ganzen Umkreis
haben alles andere als Freude an mir.
Ihre Kinder müssen sich
mit Wasserbrei begnügen,
während ich ihnen noch viel Schlimmeres antue:
Dem einen drücke ich ein Auge aus,
diesen hänge ich in den Rauchfang,
den nächsten werfe ich gefesselt auf einen Ameisenhaufen.
Jenem ziehe ich mit einer Zange

mit der zange ûz dem barte,
dem andern rîz ich die swarte,
einem müllę ich die lide,
disen henc ich in die wide
bî den sparrâdern sîn.
daz die bûren hânt, daz ist mîn.
swâ unser zehen rîten,
ob unser zweinzec erbîten,
daz ist umb alle ir êre,
ob ir noch wære mêre.«

Er sprach: »sun, die dû dâ nennest,
swie wol dû si erkennest
baz danne ich, vil liebez kint,
doch swie ræze si dâ sint,
sô got wil selbe wachen,
sô kan ein scherge machen,
daz si tretent, swie er wil,
wær ir noch drî stunt als vil.«
 er sprach: »Vater, daz ich ê tete,
hin für durch aller künege bete
wold ich sîn nimmer tuon.
manege gans und manec huon,
rinder, kæse und fuoter
hân ich dir und mîner muoter
gefridet vor mînen gesellen vil,
des ich nû nimmer tuon wil.
ir sprechet al ze sêre
frumen knaben an ir êre,
der deheiner nimmer missetuot,
er roube, er stele: daz *ist* guot.

jedes Haar einzeln aus dem Bart,
dem andern reiße ich die Kopfhaut herunter,
einem dritten breche ich alle Knochen.
Wieder einen anderen hänge ich in einer Schlinge
an den Fersen auf.
Was die Bauern besitzen, gehört alles mir.
Wo zehn von uns reiten,
ist es um alle, die uns auflauern,
geschehen, selbst wenn es zwanzig
oder noch mehr wären.«

Der Vater sagte: »Junge, die du da eben aufgezählt hast
und besser als ich kennst,
mein Lieber:
Die können sich so wild gebärden, wie sie wollen.
Solange Gott regiert,
kann der Scherge
sie dorthin bringen, wohin er will –
und wären es auch dreimal so viele.«
Der Sohn erwiderte: »Was ich bis jetzt für dich getan habe,
werde ich jetzt lassen,
selbst wenn alle Könige der Welt mich darum bäten.
Ich habe dafür gesorgt, dass meine Kameraden
dir und der Mutter jede Menge Gänse und Hühner,
weiter Rinder, Käse und Futter
in Ruhe gelassen haben.
Damit ist nun für immer Schluss.
Ihr schneidet diesen tüchtigen Kerlen
doch allzu sehr die Ehre ab,
obwohl kein einziger etwas Böses tut,
wenn er raubt und stiehlt – das ist ja nicht weniger als recht.

hêt irz niht verkallet,
noch sô vil ûf uns geschallet,
iuwer tohter Gotelinde
die wold ich Lemberslinde,
mînem gesellen, hân gegeben;
sô hête si daz beste leben,
daz ie wîp bî einem man
ze der werlde ie gewan.
kürsen, mandel, lînwât,
als ez diu kirche beste hât,
des gæb er ir den vollen hort,
hêt ir sô scherphiu wort
gegen uns niht gesprochen.
und wold si alle wochen
ein iteniuwez slegerint
ezzen, daz hête Gotelint.«
»nû hœre, swester Gotelint:
dô mîn geselle Lemberslint
mich von êrste umb dich bat,
dô sprach ich an der selben stat:
›ist ez dir beschaffen und ouch ir:
daz solt du wol gelouben mir,
daz ez dich niht sol riuwen.
ich weiz si in den triuwen,
des wis gar âne angest,
daz dû iht lange hangest,
si slahet dich mit ir hant abe
und ziuhet dich zuo dem grabe
ûf die wegescheide;
wîrouch und mirre die beide,

Hättet Ihr es nicht zerredet
und uns so geschmäht,
hätte ich Eure Tochter Gotelind
meinem Kameraden Lämmerverschlinger
zur Frau gegeben.
Dann hätte sie das beste Leben gehabt,
das jemals eine Frau bei ihrem Mann
auf der Welt führte.
Pelze, Mäntel, Leinwand,
wie sie höchstens die Kirche vom Allerfeinsten
besitzt,
könnte sie in Hülle und Fülle besitzen,
wenn Ihr nur nicht so gehässig
über uns gesprochen hättet.
Und wenn Gotelind jede Woche
herrlich zartes Rindfleisch
verlangt hätte, sie hätte es bekommen.«
»Hör zu, Schwester Gotelind:
Als mein Kamerad Lämmerverschlinger
als erster bei mir um dich warb,
sagte ich sofort:
›Wenn es dir und ihr so bestimmt ist,
wirst du es nie bereuen,
das kannst du mir glauben.
Ich kenne sie als absolut treu und verlässlich.
Du kannst ganz unbesorgt sein,
dass sie dich etwa lange baumeln ließe.
Sie schneidet dich eigenhändig vom Galgen ab
und schleift deinen Leichnam zum Grab
am Kreuzweg.
Sie wird mit Weihrauch und Myrrhe

vil sicher dû des wesen maht,
dâ mite si dich alle naht
umbegât ein ganzez jâr:
daz wizze für wâr,
si rouchet dîn gebeine,
diu guote und diu reine.
ob dir diu sælde widervert,
daz dir diu blintheit wirt beschert,
si wîset dich durch alliu lant
weg und steg an ir hant.
wirt dir der fuoz abe geslagen,
si sol dir die stelzen tragen
zuo dem bette alle morgen.
wis ouch âne sorgen,
ob man dir zuo dem fuoze
der einen hende buoze,
si snîdet dir unz an dînen tôt
beide vleisch unde brôt.‹
    wider mich sprach dô Lemberslint:
›nimt mich dîn swester Gotelint,
ze morgengâbe wil ich ir geben,
daz si dester baz mac leben.
ich hân voller secke drî,
die sint swære als ein blî.
der eine ist vol unversniten
klein lînîn tuoch in den siten,
swer sîn ze koufe gert,
diu elle ist fünfzehen kriuzer wert:
die gâbe sol si prîsen.
in dem andern ligent rîsen,

– da kannst du sicher sein –
jede Nacht
das ganze Trauerjahr hindurch dein Grab
umschreiten.
Ja, wirklich,
sie wird deine Gebeine umräuchern,
die Gute und Reine.
Wenn dir aber das Glück widerfahren sollte,
dass du nur geblendet wirst,
dann wird sie dich auf Wegen und Stegen
an ihrer Hand durchs ganze Land führen.
Sollte dir der Fuß abgeschlagen werden,
wird sie dir jeden Morgen
die Stelzen ans Bett bringen.
Sei also völlig unbesorgt:
Wenn man dir zum Fuß
auch noch eine Hand abschlägt,
wird sie dir bis an deinen Tod
Fleisch und Brot vorschneiden.‹
Darauf erwiderte mir Lämmerverschlinger:
›Wenn mich deine Schwester Gotelind heiratet,
will ich ihr eine Morgengabe schenken,
dass sie im Überfluss leben kann.
Ich besitze drei Säcke, prall gefüllt
und schwer wie Blei.
Im einen ist noch nicht zugeschnittenes
feingewebtes Linnen.
Jedem Käufer
wäre die Elle ihre fünfzehn Kreuzer wert.
Dieses Geschenk wird sie begeistern.
Im zweiten liegen Schleiertücher,

vil röckel unde hemde.
armuot wirt ir fremde,
wird ich ir man und si mîn wîp;
daz gib ich ir allez an ir lîp
zewâre an dem næhsten tage
und immer mêr, swaz ich bejage.
der dritte sac der ist vol,
ûf und ûf geschoppet wol,
fritschâl, brûnât, vêhe veder,
dar under zwô, der ietweder
mit *scharlât* ist bedecket
und dâ für gestrecket
einez, heizet swarzer zobel.
die hân ich in einem tobel
hie nâhen bî verborgen;
die gib ich ir morgen.‹
Daz hât dîn vater undervarn.
Gotelint, got müeze dich bewarn:
dîn leben wirt dir sûr.
sô dich nû ein gebûr
nimt ze sîner rehten ê,
sô geschach nie wîbe alsô wê.
bî dem muost du niuwen,
dehsen, swingen und bliuwen
und dar zuo die ruoben graben:
des hêt dich alles überhaben
der getriuwe Lemberslint.
owê, swester Gotelint,
diu sorge muoz mich smerzen,
sol an dînem herzen

zahllose Röcke und Hemden.
Armut wird ihr völlig fremd sein,
wenn wir erst Mann und Frau sind.
Diese Aussteuer
erhält sie am Tag nach der Hochzeit,
dazu das, was ich später noch erbeute.
Der dritte Sack ist
über und über vollgestopft
mit feinstem niederländischem Tuch, kostbarem violettem
Schleierstoff und gefleckt gezeichneten flauschigen
Pelzen,
darunter zwei
mit Scharlach gefüttert
und mit schwarzem Zobel verbrämt.
Die habe ich ganz in der Nähe
in einer Schlucht versteckt.
All das schenke ich ihr gleich morgen.‹
Um all das hat dein Vater dich nun gebracht.
Gott behüte dich, Gotelind:
Das Leben kann dir jetzt nur schwer werden.
Denn wenn dich jetzt ein Bauer
rechtmäßig heiratet,
ging es keiner Frau schlechter als dir.
Bei dem musst du nämlich Körner stampfen,
Flachs brechen, säubern, schlagen
und obendrein Rüben hacken.
Vor solchen Mühen hätte dich
der treusorgende Lämmerverschlinger bewahrt.
Ach, Schwester Gotelind,
mich schmerzt auch noch der Gedanke,
dass ein primitiver Bauer

als unedel gebûr,
des minne dir wirt sûr,
immer naht entslâfen!
wâfen, herre, wâfen
geschrirn über den vater dîn!
ja enist er niht der vater mîn:
für wâr wil ich dir daz sagen.
dô mich mîn muoter hêt getragen
fünfzehen wochen,
dô kom zuo ir gekrochen
ein vil gefüeger hoveman;
von dem erbet mich daz an
und ouch von dem toten mîn
(die bêde müezen sælec sîn!),
daz ich alle mîne tage
mînen muot sô hôhe trage.«
　dô sprach sîn swester Gotelint:
»ja *wæne* ouch ich, *daz ich* sîn kint
von der wârheit iht ensî.
ez lac mîner muoter bî
gesellecliche ein ritter kluoc,
dô si mich *in dem barme* truoc.
der selbe ritter si gevie,
dô si den âbent spâte gie
suochen kelber in dem lôhe:
des stât mîn muot sô hôhe.
Lieber bruoder Slintezgeu,
daz dich mîn trähtîn gefreu!«
sprach sîn swester Gotelint,
»schaffe, daz mir Lemberslint

mit seinen noch primitiveren Liebkosungen
Nacht für Nacht
an deiner Seite einschlafen wird.
Wehe, Herrgott, wehe
sei über deinen Vater geschrieen.
Mein Vater ist er jedenfalls nicht mehr.
Ich will es dir in aller Klarheit sagen:
Als mich unsere Mutter
schon fünfzehn Wochen in sich getragen hatte,
kroch heimlich
ein vornehmer Ritter zu ihr ins Bett.
Von ihm und auch von meinem Paten
habe ich das Erbteil
(beide mögen dafür selig werden),
alle Tage meines Lebens
so hochgemut zu leben.«
Darauf antwortete seine Schwester Gotelind:
»Auch ich bin der Meinung, dass ich
nicht wirklich seine Tochter bin.
Mit unserer Mutter
schlief ein stolzer Ritter,
als sie mich im Schoße trug.
Dieser Ritter hat sie sich einfach genommen,
als sie noch spät abends
im Wald Kälber suchen ging.
Daher kommt es, dass auch ich so hochgemut gesinnt bin.
Mein lieber Bruder Landverschlinger,
unser Herrgott lasse dich froh und glücklich werden.«
Und Gotelind fuhr fort:
»Sorge nur dafür, dass ich Lämmerverschlinger

werde *gegeben* ze einem manne;
sô schrîet mir mîn phanne,
sô ist gelesen mir der wîn
und sint gefüllet mir diu schrîn,
sô ist gebrouwen mir daz bier
und ist wol gemalen mir.
werden mir die secke drî,
sô bin ich armüete frî,
sô hân ich ze ezzen und ze hül
(sich, waz mir gewerren sül!),
sô bin ich alles des gewert,
des ein wîp an manne gert.
ouch trûwe ich *in* gewern wol,
des ein man haben sol
an einem starken wîbe:
daz ist an mînem lîbe;
swaz er wil, daz hân ich.
ez sûmet nû mîn vater mich.
wol drîstunt ist vester
mîn lîp dan mîner swester:
dô man si ze manne gap,
des morgens gie si âne stap
und starp niht von der selben nôt.
ich wæne ouch wol, daz mir der tôt
dâ von iht werde ze teile,
ez sî dan von unheile.
bruoder mîn, geselle,
daz ich mit dir reden welle,
durch mînen willen daz verswîc.
ich trit mit dir den smalen stîc
an die kienlîten:
ich gelige bî sîner sîten.

zum Mann bekomme.
Dann brutzelt es mir in der Pfanne,
dann kann ich jederzeit Wein trinken,
meine Kisten und Kasten bersten,
weiter habe ich immer Bier
und Mehl in Fülle.
Wenn erst einmal die drei Säcke mein sind,
kenne ich keine Armut mehr,
habe genug zu essen und anzuziehen –
was soll mir da noch fehlen?
Ich besitze dann ja alles,
was sich eine Frau von einem Mann wünschen kann.
Dabei traue ich mir auch zu,
einem Mann alles zu erfüllen,
was er sich von einer Klassefrau erwartet.
An meinem Körper fehlt nichts,
wovon er träumt.
Nur mein Vater hindert die Verbindung.
Dabei bin ich dreimal so kräftig
wie meine Schwester,
als man sie verheiratete.
Und selbst die war am Morgen putzmunter
und ist in der Brautnacht keineswegs gestorben.
Ich bin fest davon überzeugt, dass auch ich
nicht davon sterben werde,
es sei denn aufgrund von höherer Gewalt.
Lieber Bruder und Kamerad,
was ich dir jetzt anvertraue,
darüber schweige um meinetwillen wie ein Grab.
Ich will mit dir den schmalen Pfad
am Kiefernhang entlang fliehen
und dann an seiner Seite liegen.

nû wizze daz ich wâge
vater, muoter und mâge.«
der vater niht der rede vernam
noch diu muoter alsam.
der bruoder wart ze râte
mit der swester vil drâte,
daz si im volgete von dan.
»ich gibe dich dem selben man,
swie leit ez dînem vater sî;
dû geligest Lemberslinde bî
wol nâch dînen êren.
dîn rîchtuom sol sich mêren.
wilt dûz, swester, enden,
ich wil dir her wider senden
mînen boten, dem dû volgen solt.
sît dû im bist und er dir holt,
iu beiden sol gelingen
vil wol an allen dingen.
ouch füege ich dîn hôchzît,
daz man durch dînen willen gît
wambîs unde röcke vil;
für wâr ich dir daz sagen wil.
swester, nû bereite dich;
Lemberslint sam tuot er sich.
got hüete dîn; ich wil dâ hin.
mir ist der wirt als ich im bin.
muoter, got gesegen dich!«
hin fuor er sînen alten strich
und sagte Lemberslinde
den willen Gotelinde.

Und höre mir gut zu: Ich gebe
Vater, Mutter und die ganze Familie auf.«
Weder der Vater noch die Mutter
hatten von diesem Gespräch etwas mitbekommen.
Der Bruder kam
mit der Schwester in kürzester Zeit überein,
dass sie mit ihm weglief.
»Ich verheirate dich mit diesem Mann,
so leid das deinem Vater auch tun wird.
Du wirst mit Lämmerverschlinger
in allen Ehren das Bett teilen.
Du sollst damit reicher und reicher werden.
Wenn du, Schwester, mit allem einverstanden bist,
schicke ich dir einen Boten,
dem du nur zu folgen brauchst.
Da du ihn und er dich liebt,
wird euch beiden
alles bestens gelingen.
Auch will ich dir eine Hochzeit ausrichten,
dass dir zu Ehren
viele Jacken und Röcke herausgerückt werden müssen.
Das verspreche ich.
Schwester, bereite dich nun auf alles vor.
Lämmerverschlinger wird es genauso machen.
Gott behüte dich, ich muss jetzt zurück.
Auf unsern Hausherrn kann ich genauso verzichten wie er auf mich.
Mutter wünsche ich dagegen Gottes Segen.«
Damit war er weg auf seinen alten Pfaden
und klärte Lämmerverschlinger
über Gotelinds Willen auf.

vor freuden kust er im die hant,
umb und umb an sîn gewant,
er neic gegen dem winde,
der dâ wâte von Gotelinde.

Nû hœret von grôzer freise.
manec witwe unde weise
an guote wart geletzet
und riuwec gesetzet,
dô der helt Lemberslint
und sîn gemahel Gotelint
den briutestuol besâzen.
swaz si trunken und âzen,
daz wart gesamet wîten.
bî den selben zîten
vil unmüezec si beliben:
die knaben fuorten und triben
ûf wägen und ûf rossen zuo
beide spâte unde fruo
in Lemberslindes vater hûs.
dô der künec Artûs
sîn frouwen Ginovêren nam,
diu selbe hôchzît was lam
bî der Lemberslindes:
si lebten niht des windes.
dô ez allez wart gereht,
sînen boten sante Helmbreht,
der vil balde gâhte
und im die swester brâhte.
dô Lemberslint hêt vernomen,
daz Gotelint was komen,

Der küsste ihm vor Freude die Hand
und den Saum seines Gewandes,
ja verneigte sich vor dem Wind,
der aus der Richtung Gotelinds wehte.

Nun hört von einem fürchterlichen Frevel.
Viele Witwen und Waisen
wurden um ihr Hab und Gut gebracht
und in tiefe Trauer versetzt,
als der Held Lämmerverschlinger
und seine Braut Gotelind
auf dem Hochzeitsthron Platz nahmen.
Alles, was sie aßen und tranken,
war im ganzen Umkreis zusammengeraubt.
Denn sie waren bei ihrem Vorhaben
keineswegs untätig geblieben.
Die Kerle hatten
auf Wagen und auf Pferden
von früh bis spät
alles in Lämmerverschlingers Vaterhaus zusammengetrieben.
Als König Artus einst
seine Gemahlin Ginover zur Frau nahm,
war dieses Fest geradezu lahm
im Vergleich mit dem von Lämmerverschlinger –
dabei hatten jene auch nicht gerade von der Luft gelebt.
Als alles schließlich vorbereitet war,
schickte Helmbrecht seinen Boten.
Der machte sich sofort auf den Weg
und brachte die Schwester zu ihm.
Als Lämmerverschlinger hörte,
dass Gotelind angekommen war,

balde er gegen ir gienc.
hœret, wie er si enphienc:
»willekomen, frou Gotelint!«
si sprach: »got lône iu, Lemberslint!«
friuntlîche blicke
under in beiden dicke
gegen einander giengen entwer:
er sach dar, si sach her.
Lemberslint schôz sînen bolz
mit gefüegen worten stolz
gegen Gotelinde;
daz galt si Lemberslinde
ûz wîplîchem munde,
sô si beste kunde.
    wir sulen Gotelinde
geben Lemberslinde
und sulen Lemberslinde
geben Gotelinde.
ûf stuont ein alter grîse,
der was der worte wîse;
der kunde sô getâniu dinc.
er *stalte* si beide in einen rinc.
er sprach ze Lemberslinde:
»welt ir Gotelinde
êlîchen nemen, sô sprechet jâ!«
»gerne« sprach der knabe sâ.
er frâget in aber ander stunt:
»gerne« sprach des knaben munt.
ze dem dritten mâle er dô sprach:
»nemt ir si gerne?« der knabe jach:

ging er ihr auf der Stelle entgegen.
Hört, wie er sie begrüßte:
»Willkommen, gnädige Frau Gotelind!«
Sie antwortete: »Vergelt's Gott, Lämmerverschlinger!«
Sie wechselten
Blicke voller Liebe
miteinander.
Er sah ihr in die Augen und sie ihm.
Lämmerverschlinger schoss seinen Liebespfeil
mit wohlgefügten Worten
auf Gotelind ab.
Sie erwiderte dies
mit lieblichem Frauenmund,
wie sie es nur konnte.
Nun werde ich als Erzähler Gotelind
ihrem Lämmerverschlinger
und Lämmerverschlinger
seiner Gotelind geben.
Ein alter Graukopf erhob sich,
der wusste, was man in einer solchen Situation redet
und sonst tut.
Er ließ beide in einen Kreis treten
und sagte zu Lämmerverschlinger:
»Wenn Ihr Gotelind
zur Frau nehmen wollt, dann sagt Ja.«
»Nichts lieber als das«, antwortete der Kerl ohne Zögern.
Darauf fragte er ihn zum zweiten Mal.
»Nichts lieber als das«, antwortete der Kerl wieder.
Und zum dritten Mal fragte er:
»Nehmt Ihr sie wirklich aus freiem Willen?«

»sô mir sêle und lîp,
ich nim gerne ditz wîp.«
dô sprach er ze Gotelinde:
»welt ir Lemberslinde
gerne nemen ze einem man?«
»jâ, herre, ob mir sîn got gan.«
»nemt ir in gerne?« sprach aber er.
»gerne, herre, gebt mir in her!«
ze dem dritten mâle: »welt irn?«
»gerne, herre, nû gebt mirn!«
dô gap er Gotelinde
ze wîbe Lemberslinde
und gap Lemberslinde
ze manne Gotelinde.
si sungen alle an der stat,
ûf den fuoz er ir trat.
   nû ist bereit daz ezzen.
wir sulen niht vergezzen,
wir schaffen ambetliute
dem briutegomen und der briute.
Slintezgeu was marschalc,
der fulte den rossen wol ir balc;
sô was schenke Slickenwider.
Hellesac der sazte nider
die fremden und die kunden:
ze truhsæzen wart er funden.
der nie wart gewære,
Rütelschrîn was kameræere.
kuchenmeister was Küefrâz,
der gap, swaz man von kuchen âz,

Der Kerl antwortete: »Bei meiner Seele und meinem Leib:
Ich nehme sie mit dem größten Vergnügen zur Frau.«
Da wandte der Alte sich an Gotelind:
»Wollt Ihr Lämmerverschlinger
freiwillig zu Eurem Mann nehmen?«
»Ja, Herr, wenn nur Gott ihn mir vergönnt.«
»Nehmt Ihr ihn wirklich aus freiem Willen?«
wiederholte er.
»Aus freiem Willen, Herr, gebt ihn nur her!«
Und zum dritten Mal: »Wollt Ihr ihn wirklich?«
»Aus freiem Willen, Herr, und nun gebt ihn mir endlich!«
Da traute er Gotelind
Lämmerverschlinger an
und Lämmerverschlinger
Gotelind.
Auf der Stelle stimmten alle den Hochzeitsgesang an,
und er setzte seinen Fuß auf ihren.
Nun ist das Hochzeitsmahl angerichtet.
Doch wir dürfen nicht vergessen,
dem Bräutigam und der Braut
Männer zu bestellen, die die Hofämter ausübten.
Landverschlinger war Hofmarschall,
der hatte den Pferden den Wanst zu füllen.
Entsprechend war Widderschlucker Mundschenk.
Höllensack wies Fremden
und Bekannten ihre Plätze an,
denn er war Truchsess.
Ausgerechnet der grundunehrliche Kastenrüttler
war Kämmerer.
Hofküchenmeister war Kühefresser
und organisierte alles, was in der Küche

swie manz briet oder sôt.
Müschenkelh der gap daz brôt.
diu hôchzît was niht arm.
Wolvesguome und Wolvesdarm
unde Wolvesdrüzzel
lârten manege schüzzel
und manegen becher wîten
ze den selben hôchzîten.
vor den knaben swant diu spîse
in aller der wîse,
als ein wint vil drâte
si ab dem tische wâte.
ich wæne, ieglîcher æze,
swaz im sîn truhsæze
von kuchen dar trüege.
ob der hunt iht nüege
nâch *in* ab dem beine?
daz tet er vil kleine;
wan ez saget ein man wîse:
»ieglîch mensche sîner spîse
unmâzen sêre gâhet,
sô im sîn ende nâhet.«
dâ von gâhten si umbe daz:
ez was ir jungestez maz,
daz si immer mêr gâzen
oder frœhlîche gesâzen.

Dô sprach diu brût Gotelint:
»owê, lieber Lemberslint,
mir grûset in der hiute!
ich fürhte, daz fremde liute

gebraten und gekocht wurde.
Kelchzerschlager teilte das Brot aus.
Ärmlich war dieses Hochzeitsfest nicht gerade.
Wolfsrachen, Wolfsbauch
und Wolfsschnauze
fraßen viele Schüsseln
und soffen jede Menge Becher leer
auf dieser Feier.
Vor den Kerlen verschwanden die Gerichte
so rasch,
als wenn ein Sturm
sie vom Tisch gefegt hätte.
Ich gehe davon aus, dass jeder alles
vertilgte, was ihm sein Truchsess
aus der Küche vorsetzte.
Ob der Hofhund hinterher
noch etwas von den Knochen abzunagen fand?
Auf keinen Fall.
Denn es hat einmal ein erfahrener Mann gesagt:
»Jeder schlingt sein Essen
gierig hinunter,
wenn ihm sein Ende naht.«
Genau deshalb beeilten sie sich wohl so sehr.
Es sollte nämlich ihre letzte große Mahlzeit sein,
bei der sie noch einmal ausgiebig zechten
und unbekümmert zusammensaßen.

Da sagte die junge Braut Gotelind:
»Um Gottes willen, liebster Lämmerverschlinger,
mich graust es in meiner Haut.
Ich fürchte, dass Fremde

uns ze schaden nâhen sîn.
ei, vater unde muoter mîn,
daz ich von iu beiden
sô verre bin gescheiden!
ich fürhte, daz mir wecke
die Lemberslindes secke
vil schaden und unêre:
des fürhte ich vil sêre.
wie wol ich dâ heime wære!
mir ist der muot sô swære.
mînes vater armuot
næme ich michels baz für guot,
danne ich bin mit sorgen hie.
wan ich hôrte sagen ie
die liute al gemeine,
daz dem wurde vil kleine,
der ze vil welle.
diu girischeit ze helle
in daz abgründe
vellet von der sünde.
ich verdenke mich ze spâte;
owê daz ich sô drâte
gevolget her mînem bruoder hân!
des muoz ich riuwec bestân.«
dar nâch vil schiere sach diu brût,
daz si dâ heime ir vater krût
hêt gâz ob sînem tische
für Lemberslindes vische.
dô si nâch dem ezzen
wâren eine wîle gesezzen

in der Nähe sind, die uns etwas antun.
Ach, Vater und Mutter,
dass ich von euch beiden
so weit weg bin.
Ich fürchte, dass
Lämmerverschlingers Säcke
mir Schaden und Schande bringen werden.
Mir ist angst und bange.
Wie gut würde es mir zu Hause gehen.
Mir ist das Herz schwer.
Meines Vaters Armut
wäre mir im Augenblick weit lieber
als all die Sorgen, die der Reichtum mit sich bringt.
Ich habe immer
und überall gehört,
dass zuletzt überhaupt nichts hat,
wer zu viel haben wollte.
Die Habgier ist
eine schwere Sünde
und stürzt den Menschen in den Abgrund der Hölle.
Meine Einsicht kommt vermutlich zu spät.
Warum musste ich auch unbedingt so überstürzt
meinem Bruder folgen.
Das werde ich wohl noch bitter bereuen.«
Und sehr rasch sollte die junge Braut merken,
dass sie wesentlich besser zu Hause
Vaters Weißkraut gegessen hätte
als an diesem Tisch die Fische von
Lämmerverschlinger.
Als die ganze Schar nämlich nach dem Essen
noch ein Weilchen zusammengesessen hatte

und die spilliute
enphiengen von der briute
ir gâbe und von dem briutegomen,
dar nâch zehant sach man komen
den rihter selpfünfte.
mit der sigenünfte
gesigete er den zehen an.
der in den oven niht entran,
der slouf under die banc;
ieglîcher für den andern dranc.
der ê vieren niht enflôch,
des schergen kneht al eine in zôch
her für bî dem hâre.
daz sag ich iu für wâre:
ein rehter diep, swie küene er sî,
slüege er eines tages drî,
daz er sich vor dem schergen
nimmer mac erwergen.
sus wurden si gebunden
die zehen an den stunden
mit vil starken banden
von des schergen handen.
Gotelint verlôs ir briutlich gewant;
bî einem zûne man si vant
in vil swacher küste.
si hêt ir beide brüste
mit handen verdecket:
si was unsanfte erschrecket.
ob ir anders iht geschæhe?
der sage ez, der daz sæhe.

und die Musikanten
von der jungen Braut und ihrem ebenso jungen Ehemann
entlohnt worden waren,
sah man plötzlich
den Richter mit vier Helfern in der Tür erscheinen.
Mit seiner richterlichen Gewalt
überwältigte er die zehn.
Wer es nicht in den Ofen schaffte,
kroch unter die Bank.
Jeder wollte vor dem andern weg.
Wer früher nicht vor vier Gegnern Reißaus genommen hätte,
den zog nun ein einziger Knecht des Schergen
an den Haaren aus seinem Versteck.
Darin bestätigt sich eine alte Weisheit:
Ein richtiger Verbrecher, selbst wenn er noch so verwegen ist
und an einem einzigen Tag drei erschlägt,
kann sich nimmermehr
gegen einen Schergen behaupten.
So wurden
also die zehn sofort
vom Schergen
mit starken Stricken gefesselt.
Gotelind verlor ihr Hochzeitskleid.
Später fand man sie hinter einem Zaun
in jämmerlichem Zustand.
Sie bedeckte ihre Brüste
mit bloßen Händen
und war völlig verstört.
Ob ihr noch etwas viel Schlimmeres zugestoßen ist?
Ich halte mich bedeckt, es soll der reden, der alles mit ansah.

got ist ein wunderære,
daz hœret an dem mære.
slüege ein diep al eine ein her,
gein dem schergen hât er deheine wer:
als er den von verren siht,
zehant erlischet im daz lieht,
sîn rôtiu varwe wirt im gel;
swie küene er ê wære und swie snel,
in væht ein lamer scherge.
sîn snellikeit und sîn kerge
die sint im alle gelegen,
sô got der râche wil selbe phlegen.
  nû hœrt daz mære mit sprüchen,
wie die diebe krüchen
für geriht mit ir burden,
dâ si erhangen wurden.
Gotelint wart ungefreut,
dô Lemberslinde zwô rinderheut
wurden an den stunden
ûf sînen hals gebunden.
sîn burde was diu ringest:
dâ von truoc er daz minnest
durch des briutegomen êre.
die andern *truogen ie* mêre:
ez truoc sîn geswîe
rûher hiute drîe
vor dem schergen, daz was reht:
daz was Slintezgeu Helmbreht.
iegIîch truoc sîn burde mit im hin;
daz was des rihters gewin.

Und nun hört am Fortgang der Geschichte,
wie wunderbar Gottes Handeln ist.
Wenn ein einzelner Räuber ein komplettes Heer besiegen könnte,
ist er doch gegen einen Schergen völlig wehrlos.
Sieht er den auch nur von weitem,
wird ihm schwarz vor Augen,
das frische Rot seiner Wangen wird aschfahl.
So kühn und tapfer er auch vormals gewesen sein mag:
Selbst ein hinkender Scherge könnte ihn gefangen nehmen.
Seine ganze Wendigkeit und all seine Gerissenheit
sind wie weggeblasen,
wenn Gott selbst mit seiner Rache Ernst macht.
Nun hört, wie die Verurteilung ablief,
wie die Diebe ihr Raubgut
vor Gericht schleppen mussten,
wo man sie dann hängte.
Für Gotelind war es alles andere als eine Freude,
als man Lämmerverschlinger
zwei Rindshäute
um den Hals band.
Dabei war seine Last noch die kleinste,
denn zu Ehren des jungen Ehemanns
gab man ihm am wenigsten zu tragen.
Die andern bekamen umso mehr aufgehalst.
So schleppte sein Schwager,
nämlich Landverschlinger Helmbrecht,
mit Recht drei ungegerbte Felle
vor dem Schergen her.
Aber jeder war mit einer Last dabei,
die dann dem Richter als Besitz zufiel.

dô wart fürsprechen niht gegeben.
der in lengen wil ir leben,
dem kürze got daz sîne:
daz sint die wünsche mîne.
ich weiz den rihter sô gemuot:
ein wilder wolf, *gæbe* im der guot,
bizze er im und allen liuten vihe
– von der wârheit ich des gihe –,
er liez in umbe guot genesen,
swie des doch niht solde wesen.
der scherge dô die niune hie;
den einen er dô leben lie
(daz was sîn zehende und sîn reht):
der hiez Slintezgeu Helmbreht.
swaz geschehen sol, daz geschiht.
got dem vil selten übersiht,
der tuot, des er niht tuon sol.
daz schein an Helmbrehte wol,
an dem man den vater rach:
der scherge im ûz diu ougen stach.
dannoch der râche was niht genuoc:
man rach die muoter, daz man im sluoc
abe die hant und einen fuoz.
dar umbe daz *er* swachen gruoz
vater unde muoter bôt,
des leit er schande unde nôt.
dô er sprach ze dem vater sîn:
»wat *sacket* ir gebûrekîn?«

Einen Verteidiger sparte man sich.
Wer solchen Kerlen auch noch das Leben verlängern möchte,
dem möge Gott zur Strafe das seinige verkürzen –
das ist jedenfalls mein Wunsch.
Ich weiß genau, was ein Richter in einem solchen Fall denkt:
Wenn einem ein wilder Wolf Sachgüter für sein Leben anböte,
würde er hinterher doch wieder ihm selbst und allen anderen das
Vieh wegbeißen –
das ist die volle Wahrheit.
Jemanden für Sachgüter davonkommen zu lassen,
sollte überhaupt nicht in Frage kommen.
Der Scherge knüpfte nun neun von der Bande auf.
Nur einen ließ er am Leben:
der stand ihm rechtmäßig als sein »Zehnter« zu,
und zwar Landverschlinger Helmbrecht.
Aber auch für ihn galt: Was geschehen soll, geschieht.
Denn Gott hat noch niemanden ungestraft gelassen,
der etwas getan hat, was er nicht darf.
Das zeigte sich nun an Helmbrecht in aller Deutlichkeit.
Zuerst einmal wurde an ihm der Vater gerächt:
Der Scherge stach ihm nämlich die Augen aus.
Aber das war längst nicht genug der Rache.
Auch die Mutter wurde gerächt, indem man ihm
eine Hand und einen Fuß abschlug.
Weil er einst Vater und Mutter
so schändlich begrüßt hatte,
erlitt er nun Schande und Leid.
Weil er sich am Vater mit den Worten
›Ei was snackt Ihr da, Bäuerken?‹

und sîn muoter hiez »gunêrtez wîp«:
von den sünden leit sîn lîp
maneger slahte nôt,
daz im tûsent stunt der tôt
lieber möhte sîn gewesen
dan sîn schamelîch genesen.
Helmbreht, der diep blinde,
schiet von Gotelinde
ûf einer wegescheide
mit riuwe und mit leide.
den *blinden diep* Helmbreht
brâhte ein stap und kneht
heim in sînes vater hûs.
der behielt in niht: er treip in ûz;
sîne swære er im niht buozte.

Hœret wie er in gruozte:
»*dê ûs* sal, her blinde!
dô ich was ingesinde
ze hove wîlen (des ist lanc),
dô lernte ich disen antvanc.
gât ir nû, her blindekîn!
ich weiz wol, daz an iu wol mac sîn,
swes ein *juncherre* gert,
ir sît ouch dâ ze Walhen wert.
den gruoz sult ir von mir haben,
alsô grüeze ich blinde knaben.
waz touc langez teidinc?
got weiz, her blinder jungelinc,

und an der Mutter mit der Beschimpfung als Schandweib versündigt hatte,
erlitt er diese fürchterlichen Verstümmelungen.
Der Tod wäre ihm tausendmal
lieber gewesen,
als so schmählich mit dem Leben davonzukommen.
Helmbrecht, der blinde Räuber,
trennte sich von Gotelind
am Scheideweg
in tiefem Kummer und bitterem Leid.
Den blinden Räuber Helmbrecht
brachten nun ein Stab und ein Kind
ins Haus des Vaters.
Der aber nahm ihn keineswegs auf, sondern jagte ihn davon.
In seinen fürchterlichen Nöten verweigerte er ihm jede Hilfe.

Hört nur, wie er ihn empfing:
»Dieu vous salve, blinder Ritter!
Als ich noch bei Hof in Diensten stand
– lang ist es her –,
habe ich diesen Gruß gelernt.
Macht, dass Ihr fortkommt, Ritter Blindeken!
Ich weiß ja, dass Euch alles zur Verfügung steht,
was ein junger Herr begehrt.
Damit seid Ihr sogar in Frankreich wohlgelitten.
Dieser Gruß muss reichen,
jedenfalls pflege ich auf diese Weise Blinde zu empfangen.
Wozu also langes Gerede?
Gott ist mein Zeuge, blinder junger Mann:

die herberge ir mir rûmet.
ist daz ir iuch sûmet,
ich lâze iuch mînen frîman
slahen, daz nie blinde gewan
von slegen solhe nôt.
ez wære ein verworhtez brôt,
daz ich hînt mit iu verlür.
ir hebt iuch ûz balde für die tür!«
»neinâ, herre, lât mich betagen!«
sprach der blinde. »ich wil iu sagen,
wie ich bin genennet;
durch got mich erkennet!«
er sprach: »nû saget drâte;
zoget iuwer, ez ist spâte.
ir sult iu suochen einen andern wirt:
mîn hant mit gâbe iuch gar verbirt.«
beide *mit* leide und mit schamen
seit er dem vater sînen namen.
er sprach: »herre, ich bin iuwer kint.«
»und ist der knabe worden blint,
der sich dâ nante Slintezgeu?
nû vorht er niht des schergen dreu
noch alle rihtære,
ob ir noch mêre wære?
hei waz ir îsens âzet,
dô ir ûf dem hengest sâzet,
dar umbe ich gap mîniu rinder!
kriechet ir nû blinder,

Ihr verlasst auf der Stelle dieses Haus.
Solltet Ihr zögern,
lasse ich Euch durch meinen Großknecht
verprügeln, wie noch kein Blinder
je verprügelt worden ist.
Das Brot müsste verflucht sein,
das ich heute abend an Euch verschwendete.
Packt Euch auf der Stelle!«
»Bitte, nicht, Herr, haltet mich wenigstens über Nacht bei Euch«,
flehte der Blinde. »Ich will Euch gerne sagen,
wie ich heiße.
Um Gottes willen erkennt mich doch endlich.«
Der Vater antwortete: »Dann sagt es sofort und macht es kurz,
denn es ist schon reichlich spät.
Besser sucht Ihr Euch einen anderen Gastgeber,
von mir habt Ihr rein gar nichts zu erwarten.«
Voll Leid und Scham
nannte er dem Vater seinen Namen:
»Herr, ich bin es, Euer Kind.«
»Sollte der junge Herr etwa erblindet sein,
der sich einmal Landverschlinger nannte?
Fürchtete er nicht weder die Bedrohung durch Schergen
noch durch sonstige Richter,
selbst wenn sie noch viel zahlreicher gewesen wären?
Ach nein, wie Ihr doch am liebsten Eisen gefressen hättet,
als Ihr endlich auf dem Wallach saßet,
für den ich meine Rinder hergegeben hatte.
Tappt ruhig weiter als Blinder,

daz enwirt mir nimmer zorn.
mich riuwet mîn lode und mîn korn,
sît mir sô tiure ist daz brôt.
und læget ir von hunger tôt,
ich gibe iu nimmer umb einen grûz:
ir sult iuch balde heben ûz
und tuot nimmer mêre
ze mir die widerkêre.«
dô sprach aber der blinde:
»sît ir mîn ze kinde
geruochet nimmer mêre,
durch die gotes êre
sult ir dem tiuvel an gesigen:
lât mich als einen dürftigen
in iuwerm hûse kriechen.
swaz ir einem armen siechen
welt geben in der minne
durch got, daz gebt mir hinne.
mir sint die lantliute gram:
leider nû sît ir mir sam.
ich enmac niht genesen,
welt ir mir ungenædic wesen.«
der wirt hônlachte,
swie im sîn herze krachte:
er was sîn verch und sîn kint,
swie er doch stüende vor im blint.
er sprach: »nû fuort ir twerhes die welt;
iuwer meidem gie niht enzelt,

das stört mich nicht im geringsten.
Ich ärgere mich vielmehr über meinen Lodenstoff und mein Korn,
das mich mein Brot gekostet hat.
Selbst wenn Ihr vor Hunger umfallen würdet,
bekämt Ihr von mir kein einziges Körnchen.
Macht Euch schleunigst aus dem Staub
und kehrt niemals wieder
zu mir zurück!«
Da erwiderte der Blinde:
»Wenn Ihr mich schon nicht mehr
zum Sohn haben wollt,
überlasst um Gottes willen
nicht dem Teufel den völligen Triumph.
Lasst mich wenigstens als Bettler
in Euerm Hause herumkriechen.
Gebt mir nur das,
was Ihr jedem armen Kranken aus christlichem Erbarmen
schenken würdet.
Die Bauern ringsum sind wütend auf mich,
leider genauso wie Ihr.
Ich habe nicht die geringste Chance,
wenn nicht Ihr mir gnädig seid.«
Da lachte der Hausherr höhnisch auf,
sosehr sich ihm auch sein Herz zusammenzog
– er war ja sein eigen Fleisch und Blut –,
wie er so als Blinder da vor ihm stand.
Er sagte: »Nun seid Ihr kreuz und quer auf Eurem Wallach durch
die Welt geritten, nie im Passgang,

er dravete unde schûfte.
manec herze von iu ersûfte.
ir wârt sô ungehûr,
manec wîp und gebûr
sint von iu *alles* worden vrî.
nû sprechet, ob die troume drî
an iu sint bewæret?
noch hœher ez sich mæret,
daz iu wirt wirser danne wê;
ê der vierde troum ergê,
hebt iuch balde für die tür!
kneht, sperre, stôz den rigel für!
ich wil hînaht hân gemach.
den ich mit ougen nie gesach,
den behielt ich unz an mînen tôt,
ê ich iu gæbe ein halbez brôt.«
   allez daz er hêt getân,
daz itwîzt er dem blinden man;
er was gar sîn schiuhe.
»*sê* blinden, kneht, nû ziuhe
in von mir der sunnen haz!«
er sluoc den kneht: »nû habe dir daz!
dînem meister tæt ich sam,
wan daz ich mich des scham,
ob ich blinden slüege:
ich bin wol sô gefüege,
daz ichz kan vermîden;
doch mac ez sich verrîden.
hebt iuch, ungetriuwer *Rûz*,
balde für die tür hin ûz:

sondern immer nur im Trab oder Galopp.
Viele Herzen habt Ihr in Verzweiflung gestürzt.
Ihr wart ein wahres Ungeheuer,
wenn Ihr Bauern und Bäuerinnen
um alles gebracht habt.
Sagt selbst, ob sich die drei Träume
an Euch erfüllten.
Aber es wird noch viel weiter gehen
und viel schlimmer werden.
Doch bevor sich der vierte Traum erfüllt,
schert Euch sofort hinaus.
Knecht, sperr die Tür ab und schieb den Riegel vor.
Ich will heute nacht meine Ruhe haben.
Eher würde ich einen wildfremden Menschen
mein Leben lang bei mir aufnehmen,
als Euch auch nur ein Stück Brot zu geben.«
Alles, was er verbrochen hatte,
hielt der Vater dem Blinden vor.
Er war zum richtigen Scheusal geworden und sagte:
»Kind, nimm dir den Blinden und führe den weg,
den selbst die Sonne hasst.«
Er versetzte dem Kind sogar Schläge: »Nimm das als deinen Teil.
Deinem Herrn würde ich dasselbe antun,
wenn ich mich nicht schämte,
einen Blinden zu verprügeln.
Davor regt sich bei mir
ein letzter Rest an Anstand –
aber auch das könnte sich noch ändern.
Macht Euch aus dem Staub, verräterischer Bauernlümmel.
Sofort hinaus mit Euch vor die Tür.

ich ahte niht ûf iuwer nôt.«
im gap diu muoter doch ein brôt
in die hant als einem kinde.
 hin gie der diep blinde.
swâ er über velt gie,
dehein gebûr daz verlie,
er schrei in an und sînen kneht:
»hâhâ, diep Helmbreht!
hêtest dû gebûwen alsam ich,
sô züge man nû niht blinden dich!«
alsô leit er ein jâr nôt,
unz er von hâhen leit den tôt.
 ich sage iu, wie daz geschach.
ein gebûr in ersach,
dô er gie zuo einer frist
durch einen walt umb sîne genist.
der gebûr kloup dâ wite
nâch der gebûren site,
daz was eines morgens fruo.
dem hêt Helmbreht eine kuo
genomen von *siben binden*.
dô er sach in alsô blinden:
er sprach ze sînen holden,
ob si im helfen wolden.
»entriuwen« sprach der eine,
»ich zerre in alsô kleine,
sam daz in der sunne vert,
ist daz mir in niemen wert.
mir und mînem wîbe
zôch er ab dem lîbe

Was kümmert mich schon Euer Elend?«
Nur die Mutter drückte ihm ein Stück Brot
in die Hand, schließlich war es ihr Sohn.
  So ging der blinde Räuber weiter.
Wo immer er über Land hinkam,
hielt sich kein Bauer zurück
und rief ihm und dem Kind zu:
»Haha, Räuber Helmbrecht!
Hättest du wie ich das Feld bestellt,
brauchte man dich jetzt nicht blind durch die Welt
zu führen.«
So litt er noch ein ganzes Jahr bitterste Not,
bis er aufgehängt wurde.
  Wie sich das vollzog, will ich Euch auch noch erzählen.
Ein Bauer erblickte Helmbrecht,
als der eines Tages
durch den Wald streifte, um seinen Hunger zu stillen.
Der Bauer sammelte
gerade am frühen Morgen
ganz nach Bauernart Brennholz.
Dem hatte Helmbrecht einst eine Kuh
gestohlen, die schon sieben Kälber geboren hatte.
Als er den Blinden sah,
fragte er seine Kameraden,
ob sie ihm helfen wollten.
»Natürlich«, antwortete der zweite Bauer,
»ich zerreiße ihn in Fetzen,
so klein wie Stäubchen in der Sonne,
wenn ihn mir niemand streitig macht.
Mir und meiner Frau
hat er einst die Kleider

unser beider gewant;
er ist mîn vil rehtez phant.«
dô sprach der dritte bâ bî:
»ob sîn eines wæren drî,
die wold ich tœten eine.
er vil unreine,
er brach mir ûf mînen glêt
und nam daz ich dâ inne hêt.«
der vierde, der den wite kloup,
der *bidemt* vor girde als ein loup.
er sprach: »ich briche in als ein huon.
von allem rehte ich daz tuon:
er stiez mîn kint in einen sac,
dô ez slâfende lac;
er want ez in ein bet:
ez was naht, dô er daz tet.
dô ez erwachete unde schrê,
dô schutte erz ûz an den snê.
sîn ende hêt ez dâ genomen,
wær ich im niht ze helfe komen.«
»entriuwen« sprach der fünfte,
»ich freu mich sîner künfte,
sô daz ich mînes herzen spil
hiute an im geschouwen wil:
er nôtzoget mir mîn kint.
wær er noch drî stunt als blint,
ich sol in hâhen an den ast.
selbe ich im kûm enbrast
beide nacket unde blôz.
wær er als ein hûs sô grôz,

vom Leib gerissen.
Jetzt soll er mir dafür büßen.«
Darauf sagte der dritte, der dabeistand:
»Selbst wenn es statt dieses einen drei wären,
wollte ich allein sie alle umbringen.
Der Verbrecher
hat mir meinen Vorratskeller aufgebrochen
und ihn vollständig geplündert.«
Ein vierter Bauer, der ebenfalls Brennholz sammelte,
zitterte vor Rachgier wie Espenlaub.
Er sagte: »Ich drehe ihm den Hals um wie einem Huhn,
und das mit vollstem Recht.
Er hat mein Kind in einen Sack gestopft,
als es gerade schlief,
und Bettzeug darumgewickelt,
alles mitten in der Nacht.
Als es aufwachte und anfing zu schreien,
schüttete er es hinaus in den Schnee.
Es wäre sein Tod gewesen,
wenn ich ihm nicht rechtzeitig zu Hilfe gekommen
wäre.«
»Wahrhaftig«, sagte der fünfte,
»ich freue mich, dass er nun hier ist,
so dass ich mich endlich
von Herzen an ihm rächen kann.
Er hat meine Tochter vergewaltigt.
Selbst wenn er noch dreimal so blind wäre,
würde ich ihn am nächsten besten Ast aufhängen.
Ich selbst bin ihm nur mit knapper Not,
splitternackt und ohne jede Habe, entkommen.
Selbst wenn er so groß wie ein Haus wäre,

ich wirde an im errochen,
sît er sich hât verkrochen
in disen walt sô tiefen.«
»nâher!« si dô riefen
und kêrten alle rehte
gegen Helmbrehte.
dô si sich wol an im errâchen
mit slegen, si sprâchen:
»nû hüete der hûben, Helmbreht!«
daz ir dâ vor des schergen kneht
hêt lâzen ungerüeret,
daz wart nû gar zefüeret.
daz was ein griuwelîch dinc:
sô breit als ein phenninc
beleip ir niht bî einander.
siteche und galander,
sparwære und turteltûben,
die genâten ûf der hûben,
die wurden gestreut ûf den wec.
hie lac ein loc, dort ein flec
der hûben und des hâres.
gesagt ich ie iht wâres,
doch sult ir mir gelouben
daz mære von der houben,
wie kleine man si zarte.
ir gesâht nie swarte
ûf houbet alsô *kalwe*:
sîn reidez hâr valwe
sach man in *swachem* werde
ligen ûf der erde.
daz was iedoch vil lîhte:
si liezen in sîne bîhte

würde ich mich an ihm rächen,
nachdem er sich nun
in diesen tiefen Wald verkrochen hat.«
»Los, drauf«, riefen sie
und stürzten sich alle zusammen
auf Helmbrecht.
Während sie ihn bei ihrer Rache
durchprügelten, riefen sie:
»Achte auf deinen Hut, Helmbrecht!«
Was der Scherge noch an ihm
heil gelassen hatte,
wurde nun endgültig zerfetzt.
Es bot sich ein Jammerbild:
Nicht ein fingerbreites Stück vom Hut
blieb noch beisammen.
Papageien und Lerchen,
Falken und Turteltauben,
die aufgestickt waren,
wurden nun über den ganzen Weg verstreut.
Hier lag eine Locke vom Haar,
dort ein Fetzen vom Hut.
Wenn ich je etwas Wahres gesagt habe,
müsst ihr mir auch
diese Geschichte vom Hut
oder besser seiner völligen Zerstörung glauben.
Noch nie habt ihr ferner
einen so kahlen Schädel gesehen:
Sein lockiges blondes Haar
lag jämmerlich zerzaust
überall zerstreut auf der Erde.
Und selbst das war nicht das Schlimmste:
Sie nahmen dem Unglücklichen

den müedinc dô sprechen;
einer begunde brechen
eine brosmen von der erden:
dem vil gar unwerden
gap er si ze einer stiure
für daz hellefiure
und hiengen in an einem boum.
ich wæne, des vater troum
daz er sich hie bewære.
hie endet sich daz mære.

Swâ noch selpherrischiu kint
bî vater unde muoter sint,
die sîn gewarnet hie mite.
begânt si Helmbrehtes site,
ich erteile in daz mit rehte:
in geschehe als Helmbrehte.
ûf den strâzen und ûf den wegen
was diu wagenvart gelegen:
die *varent* alle nû mit fride,
sît Helmbreht ist an der wide.
[nû seht ûf und umbe:
râte iu wol ein tumbe,
dem volget und ouch des wîsen rât.
waz ob Helmbreht noch hât
etewâ junge knehtel?
die werdent ouch Helmbrehtel.
vor den gib ich iu niht fride,
si komen ouch danne an die wide.]

auch noch die Beichte ab.
Einer hob
ein bisschen Erde vom Boden auf
und reichte es dem Jammerbild
als Hilfe
vor dem Höllenfeuer.
Dann hängten sie ihn an einem Baum auf.
Ich bin der Meinung, dass sich damit alle Träume des Vaters
bewahrheitet haben.
Damit ist die Geschichte zu Ende.

Alle selbstsüchtigen Kinder,
die noch bei Vater und Mutter leben,
seien damit gewarnt.
Wenn sie es wie Helmbrecht treiben,
sage ich ihnen ihr Ende voraus:
Ihnen wird es wie Helmbrecht ergehen.
Wo auf Straßen und Wegen
kein Wagen mehr unbehelligt fahren konnte,
war alles wieder sicher für jedermann,
seit Helmbrecht an der Weide baumelte.
Nun schaut euch überall um:
Wenn euch ein einfacher Mann einen guten Rat gibt,
so befolgt ihn genauso wie den Ratschlag eines erfahrenen.
Wie, wenn Helmbrecht noch
hier und da unter der Jugend Anhänger fände?
Die würden garantiert ebenfalls Helmbrechtchen.
Von denen, meine ich, werdet ihr so lange keinen Frieden haben,
bis auch sie an der Weide baumeln.

swer iu ditze mære lese,
bitet, daz im got genædec wese
und dem tihtære,
der heizet Wernher der Gartenære.

Und nun betet für jeden, der euch diese Geschichte vorträgt.
Gott möge ihm gnädig sein
und auch dem Verfasser der Geschichte,
Wernher dem Gärtner.

Zu dieser Ausgabe

Der Text des *Helmbrecht* ist in den Handschriften A und B in damals zeitgenössischer Gestalt, und zwar im bairisch-österreichischen Dialekt des 15. bzw. frühen 16. Jahrhunderts wiedergegeben. Ein Hauptkennzeichen sind die sogenannten »neuen Vokale«, die Verwandlung von *î, iu, û* in *ei, eu, au.* So heißt es statt *wîben weiben,* statt *hoveliute hoveleute,* statt *lûte lautte.* Dagegen blieben die alten Diphthonge *ie, uo, üe* etwa in *lieben, guoten, brüeder* erhalten, verwandelten sich nicht wie im Mitteldeutschen in die neuen Langvokale *i, u, ü.* Unter den Konsonanten fallen besonders die anlautenden stimmhaften auf, die (wie heute noch im Bairischen) stimmlos wurden, also *pier* statt *bier* (bei Ried konsequenter als in B). Das *k* gibt B in der voll durchgeführten Lautverschiebung des bayerischen Südostens als *ach*-Laut wieder, etwa *kleine* als *chlaine.* All das entspricht sicher nicht dem Originaltext des 13. Jahrhunderts. Entsprechend haben die modernen Herausgeber »rückübersetzt«, also das Klanggewand des Hochmittelalters zugrunde gelegt, so wie man es auch im berühmteren Fall des *Erec* von Hartmann von Aue tat, der ebenfalls im wesentlichen nur im Ambraser Heldenbuch überliefert ist. Was als »klassisches« Mittelhochdeutsch gilt, entspricht in etwa den Einträgen in Lexers Mittelhochdeutschem Wörterbuch, umfasst aber auch die doppelte Negation (*ne … nicht*), *sw-* für *w-* bei den verallgemeinernden Pronomina und ähnliche Fälle.

Eine andere editorische Frage war der Umgang mit den verschiedenen Lesarten der beiden Handschriften, die Charles E. Gough im diplomatischen Abdruck und Franz Hundsnurscher als fotografische Reproduktion herausgegeben haben (s. Literaturverzeichnis). Kurt Ruh hat in seiner Bearbeitung der Panzerschen Ausgabe in der Altdeutschen Textbibliothek (erstmals in der 6. Auflage von 1960) den Versuch gemacht, beide Handschriften zu nutzen. Mehr als hundert Mal wich er von A ab, mehr als vierhundert Mal von B, hinzu kommen einige Konjekturen, also freie Entscheidungen gegen beide Handschriften. Dies entspricht dem, was man als die Suche nach dem »richtigen« Text bezeichnen kann, wie es Karl Lachmann im frühen 19. Jahrhundert versuchte und was seither als »Lachmannsche Methode« gilt. Aber die Entscheidungen sind bei allen guten Gründen nicht wirklich zwingend, was Ruh durchaus bewusst war. Fritz Tschirch hat für die Reclam-Ausgabe von 1974 einige Verbesserungen angefügt, es jedoch im wesentlichen beim Ruhschen Text belassen. Andere Herausgeber, schon Charles E. Gough 1942 und Helmut Brackert 1972, gingen deutlicher vom Prinzip der Leithandschrift aus, was einer neueren methodischen Grundeinsicht entspricht und in unserm Fall eine stärkere Bevorzugung von A bedeutet. Ich schließe mich dem an, teilweise mit etwas anderen Entscheidungen. Nur in Fällen, wo A (für mich) erkennbar irrt, greife ich auf B zurück. Das ist beispielsweise bei der Verwechslung von Vater und Mutter in V. 124 oder von durch Feldarbeit weißen statt schwarzen Händen in V. 572 der Fall oder betrifft direkte grammatische/syntaktische Verstöße (etwa falscher Kasus oder Auslassung eines *und*) bei A, die ohne Verbesserung das Verständnis unnötig gefährden würden. Alle diese Fälle sind im Text kursiviert und als Lesarten von A im Anhang angeführt. Bloße Ungeschicklichkeiten, etwa metrischer Art, oder die Einfügung von *inquit*-Formeln (»er sagte«) klar außerhalb des Verses blieben dagegen erhalten. Wir können das Original nicht erreichen, und Hans Rieds Abschrift ist wenigstens eine originale Adaption späterer Zeit, bei der wir wissen, wie sehr sich der Schreiber um Erhaltung des Ursprünglichen bemühte. Im Kommentar ist auf Probleme dieser Art hingewiesen, so dass sich der Leser selbst ein Bild der Lage machen kann.

Ried hat seiner Abschrift genauso wie der unbekannte Schreiber der Hs. B Initialen eingefügt. In 22 Fällen gibt es Übereinstimmung, in 18 Fällen steht A allein, in 16 B. Ob das Original Initialen enthielt, wissen wir nicht, eine Zwischenstufe dürfte sie eingefügt und dann an A und B auf verschiedene Weise weitergegeben haben. Fast immer gliedern die Initialen den Text plausibel, heben Redeabschnitte hervor oder den Einsatz eines neuen Erzählteils (*wolt ir nu hoeren …?*). Zu Beginn der Erzählung verzichtet B weitgehend auf Initialen, am Ende A. Ich habe es bei A belassen und zwischendurch (vor allem bei neuen Redeeinsätzen) lediglich für Einzüge gesorgt, um das Lesen zu erleichtern. Nur in den Versen 44, 72, 182, 516, 984 und 1712 beruhen die Initialen auf meiner Korrektur (in A stehen sie in den Versen 45, 73, 185, 519, 985 und 1713), weil das Lesen gegen den jeweiligen Redebeginn doch arg behindert wird und der Ursprung des »Fehlers« auf der Hand liegt: Rieds Vorlage muss (nach einer Beobachtung von Hansjürgen Linke) den Text in abgesetzten Zeilen notiert haben, die ungeraden immer leicht eingezogen, so dass in der kleinen Lücke zu Beginn Platz für eine Initiale war. Beginnt nun ein neuer Abschnitt mit einer geradzahligen Zeile, fehlt es an Platz, und der Schreiber hat die Initiale zumeist in die unmittelbar vorangehende Zeile gerückt.

Schließlich die Übersetzung: Jeder Versuch hat das (letztlich unlösbare) Problem, »genau« und »lesbar« zu sein. Ich habe der Lesbarkeit einen gewissen Vorzug gegeben, weil das Original ja da ist und mit Hilfe der Übersetzung nur besser entschlüsselt werden soll. Nicht immer entsprechen sich die Zeilen genau. Einzelne Probleme werden im Kommentar erörtert.

Lesarten

Im Folgenden sind die Lesarten von A aufgeführt, die ich gegenüber B (in wenigen Fällen auch gegen A *und* B) verworfen habe. Die Stellen sind im Text kursiv wiedergegeben. Auf schwierige Stellen geht der Kommentar ein.

24 nante] nennet
36 dar] *fehlt* A
87 dem] den
88 des] das
94 meiden] rittern
107 alles] alle
124 diu muoter] der vater
125 diu] der
135 diu] das
147 gap] gab im A, B
157 einen] einer
171 dehein] kain
202 und] *fehlt* A
229 gegeben] geben
235 wæte] farte
275 wæhen] wolsteenden
276 den] die
277 frouwen] tauben
318 stecken] stechen
394 den] dem

410 æze] fraesse
420 hinnen] von hynnen
432 iht] nicht
433 dîn] vnd dein
460 swar] wohin
464 sus] suonst A, sunst B
479 der] *fehlt* A
523 dem] den
572 swarze] weysse
578 des] der
628 dirz] dir
631 des] den A, B; der] den A, B
657 rîten] streiten
658 strîten] reiten
673 roc] röck
674 boc] pöck
689 gewinnen] gewinne
718 got] lat
726 dê] deu
755 dê] deu
761 mîn] dein
822 zæme] zam
851 rief] rüefft
880 knappen] knaben
884 næm] nam
885 phlæge] phlage
886 læge] lage
890 knappen] knaben
892 hînt] heut
923 nû] man bey
940 dô] danne A, da B
962 freuden] freude
973 dâ] *fehlt* A
999 alsô] als
1015 die sint] der ist
1016 sint] ist
1022 breit] berait
1028 ritter] rinder
1034 vâhen] nahn
1039 niuwan] nun
1062 hei] bey (*Vers fehlt* B)
1077 wol beslagen] abgeschlagen
1090 der zweier was] die zway warn
1101 immer unz] vnd ymmer
1103 niuwan] nur
1109 niuwan] nun
1131 alsô] als
1182 habe] habest
1201 vor] an
1234 dir] dich
1276 ist] *fehlt* A
1347 scharlât] schatlar
1384 wæne / daz ich] wann / daz *fehlt* A
1388 in dem barme] an dem arme A, B
1397 gegeben] geben
1409 in] *fehlt* A
1475 ûf wägen und] vnd fuerten
1492 si] *fehlt* A
1505–06 und *bis* Gotelinde] *fehlt* A
1510 stalte] stellet
1565 in] jm
1662 truogen ie] truog ye mer vnd
1674 gæbe] gab
1677–78 er *bis* wesen] *fehlt* A
1692 er] *fehlt* A

1696 sacket] sagent A, sagt B
1707 blinden diep] diep plinden
1713 dê ûs] Deuol
1719 juncherre] plinder knabe
1741 mit] nit
1785 alles] alle
1800 sê] sich A, B
1809 Rûz] heraus
1831 siben binden] seinen kinden
1850 bidemt] pidmet
1897 kalwe] kale
1899 swachem] swacher
1921 varent] warent

Kommentar

Der Kommentar stützt sich auf die umfangreiche Forschung, speziell auf die Kommentare zu den Ausgaben des *Helmbrecht* sowie den Stellenkommentar von Ulrich Seelbach (s. Literaturverzeichnis). Nur das Wichtigste konnte dabei erfasst, auf eine Forschungsdiskussion musste weitgehend verzichtet werden. Die Hinweise haben einführenden Charakter und sollen behilflich sein, das Werk besser zu verstehen.

1–20 Der *Helmbrecht* enthält wie die großen Epen der hochhöfischen Zeit einen Prolog (nach der lateinischen Terminologie der mittelalterlichen Poetiken: das *exordium*). Der erste Teil, das *prooemium* (v. 1–8), widmet sich dem Kontakt mit dem Publikum, der zweite, der *prologus ante rem* (v. 9–20), dient der Ankündigung des Themas der (späteren) *narratio*, der Erzählung. Vor allem das Proömium ist im *Helmbrecht* kunstvoll gestaltet: Die Verse 1–2 sind 7–8 variierend wiederholt und betonen das eigene Erleben. Dazwischen werden große Themen der höfischen Literatur angesprochen, die aus »Büchern« stammen. Harald Scholler hat die Gestaltung bis in die lautlichen Details verfolgt und auch auf Vorbilder verwiesen, auf Walther von der Vogelweide etwa mit der Hervorhebung von selbst Erlebtem, vor allem aber auf das *Annolied* aus dem Ende des 11. Jahrhunderts, dessen Prolog die gleiche Zweiteilung und ganz ähnliche Verweise auf Inhalte zeigt (Scholler, *Prooemium*).

7 *hie wil ich sagen:* Hervortreten des Erzählers, in diesem Fall mit Betonung der Augenzeugenschaft. Der Erzähler tritt auch noch auf andere Weise hervor, besonders mit Bewertungen der Handlung durch Wahrheitsbeteuerungen, mit Fragen oder Aufforderungen in Richtung Publikum, mit Bescheidenheitsausdruck oder Vorausdeutungen (Aufzählungen mit entsprechenden Verweisen bei Seelbach, *Kommentar*, 12). Diese topischen (an festen Topoi bzw. Schemata orientierten) Elemente sind für die höfische Literatur außerordentlich typisch und hängen eng mit der Form

des »archaischen« Erzählens im Gegensatz zum »modernen« Lesen zusammen (Näheres dazu bei Green, *Medieval Listening*, sowie Scholz, *Hören und Lesen*).

9 *daz ist sicherlîchen wâr:* eine der zahlreichen Wahrheitsbeteuerungen.

10f. *ein hâr, daz was reide unde val:* Blonde Locken, die auch noch über die Schulter hinabreichen, sind dem Adel vorbehalten und deuten schon von Anfang an auf das Ausbrechen Helmbrechts aus der ihm zukommenden »Ordnung«. Im Ambraser Heldenbuch, unserer Leithandschrift, gibt es eine einzige Abbildung zum Text, und die zeigt den jungen Helmbrecht mit seinem langen blonden Haar.

14 *hûbe:* Die Haube bzw. den Hut gab es im Mittelalter in zweierlei Ausführung: als eine Art Schutz oder Polster unter dem Helm, aber auch als Kopfschmuck mit repräsentativem Charakter. Hier ist letzteres gemeint, und zwar in einer ganz ungewöhnlichen Steigerung. Die aufgemalten Figuren bzw. Szenen sind entgegen der Wahrheitsbeteuerung rein phantastisch und eröffnen einen Gleichnisraum mit Hinweisen auf das unglückliche Ende der Geschichte. Die schon im Prolog erwähnten Sittiche und Tauben kontrastieren den späteren Raben und Krähen auf dem Galgen, an dem Helmbrecht endet (Näheres bei Hess-Lüttich, *har und hûben*, Ittenbach, *Helmbrechts Haube* sowie Hartmann, *siteche unde tûben*).

16 *ich wæne ieman gesæhe:* typische Übertreibung (rhetorisch: Hyperbel), wie sie im *Helmbrecht* auf Schritt und Tritt vorkommt.

20 *welt ir nû hœren:* Der Vers enthält die Ankündigung der großen Beschreibung des Hutes (26–103, 78 Verse), die noch mehr als das prachtvolle Haar Helmbrechts höfische Ambitionen verdeutlicht. Ob sie lediglich ein weglassbares »Einlagestück« darstellt, wie Ruh (*Versbestand*, 145 ff.) meint, kann man bezweifeln. Wesentliche Anregungen entnahm Wernher seinem auch sonst wichtigen Vorbild Neidhart, wo die Überheblichkeit der Bauernburschen ebenfalls durch einen solchen Hut zum Ausdruck kommt (im *Winterlied* 29; dazu und zu weiteren Beziehungen vgl. Seelbach,

Kommentar, 15 f., sowie ders., *Hildemar und Helmbrecht*). In der höfischen Epik sind Beschreibungsprunkstücke dieser Art häufig und enthalten immer wesentliche Hinweise auf das Verständnis des Ganzen. Der Sattel Enites im *Erec* Hartmanns von Aue etwa ist mit Szenen aus dem *Trojanerkrieg* bedeckt, der auch im *Helmbrecht* erwähnt wird. Zur symmetrischen Konstruktion der Schilderung (19, 12,16,12,19 Verse) und zu weiteren Parallelen in der höfischen Literatur vgl. Seelbach, *Kommentar*, 24 und 26.

21–25 Die Verse kommen nur in A vor und stellen Vater und Sohn Helmbrecht vor, den Vater als *meier*, was auf einen abgabenpflichtigen, aber recht selbständigen Pächter oder Großbauern deutet (lateinisch *major domus*, Vorsteher des Hauses). Wirklich organisch sind die Verse nicht, unterbrechen sie doch die Ankündigung der Hut-Beschreibung in v. 20 und die Ausführung ab v. 26. Die Namensgleichheit von Vater und Sohn (sowie Großvater: v. 914 f.) erinnert an die damalige adlige Praxis, was wie ein weiteres Zeichen des Ausbrechens aus dem bäuerlichen Stand wirkt. Der Name selbst passt zu den Namen von Bauernlümmeln, die Neidhart in seiner Lyrik verwendet: *Ruopreht, Engelbreht* usf. (s. Nachwort).

35 *lîm* ist das etwas weniger gebräuchliche (dialektale) Wort neben *lün*, die beide den oberen Teil des Huts bezeichnen. Hs. A bietet *liem* (was ein früher Herausgeber als *lün* verlas und was so auch in den diplomatischen Abdruck von Gough geriet). Hundsnurschers Fotokopie zeigt jedoch deutlich *liem*, das in B als *leym* wiedergegeben ist.

41 *geutôre:* nach Ruhs Kommentar in seiner Ausgabe Zusammensetzung aus »Tor« und »(vom) Lande«, also »Landpomeranze«. Dies ist nur eine der vielen Varianten, mit denen Wernher Helmbrechts Torheit bezeichnet. So ist von *narre und gouch* die Rede (v. 83), was in beiden Fällen »Narr« bedeutet, es kommen aber auch Verbindungen mit *tumbe* vor, etwa *der gotes tumbe* (»gottverlassener Idiot«) v. 85.

43 Die Initiale steht in A bei v. 44 (s. Text und Übersetzung).

44 In B folgen danach die Verse 44a/b: *Das sult ir mir gelauben /*

Genat [genät] *was auf die hauben*, die von den meisten Herausgebern wohl mit Recht als »Flickverse« verworfen wurden.

45 *wie Troye wart besezzen:* Die erste abgebildete Geschichte bezieht sich auf den Stoff der Homerischen *Ilias*, die Vergil in seiner *Äneis* mit der Flucht des Äneas und der Gründung des Römischen Reiches fortgesetzt hatte. Die deutsche Version, der *Eneasroman* des Heinrich von Veldeke (um 1170), galt als erste Beschreibung höfischen Rittertums. Daher wohl die Abbildung auf dem Hut, vielleicht auch aufgrund der Analogie der späteren »Entführung« Gotelinds durch Helmbrecht zur Entführung der Helena durch Paris, auf die ebenfalls bei Wernher angespielt wird.

62 *künec Karl und Ruolant:* Die nächste Hut-Geschichte entstammt dem beliebten Erzählstoff um Karl den Großen, speziell dem heldenhaften Abwehrkampf gegen die arabischen Heiden, die tatsächlich damals nach der Eroberung Nordafrikas ganz Spanien unterworfen hatten und schon an den Pyrenäen standen. Die französische Fassung, *La Chanson de Roland*, liegt dem deutschen *Rolandslied* des Pfaffen Konrad (um 1170) zugrunde, in der es ebenfalls wieder um vorbildliches Rittertum geht.

76 *von frouwen Helchen kinden:* Die dritte Hut-Geschichte bezieht sich auf Dietrich von Bern (Verona), dessen historisches Vorbild der Ostgotenkönig Theoderich der Große (gest. 526) ist. An die Gestalt knüpft sich eine reiche Sagenüberlieferung. Hier wird Dietrichs Vertreibung durch seinen Onkel aus Oberitalien und seine Flucht zum Hunnenkönig Etzel angesprochen. Von dort macht er sich an die Rückeroberung, in deren Schlachten die Söhne Etzels und seiner ersten Frau Helche (bevor er im *Nibelungenlied* Kriemhild heiratet) sowie Dietrichs eigener Bruder Dieter von der Hand Witeges fallen – geschildert in der *Rabenschlacht* (der Schlacht um Ravenna) aus dem 13. Jahrhundert. Einmal mehr geht es um Rittertum, in diesem Fall vielleicht insofern um eine direkte Parallele zum *Helmbrecht*, als auch die Helche-Söhne gegen den Rat ihres Vaters losziehen.

95 Im Tanz kommt die zweite Seite des vorbildlichen Ritters zum Ausdruck: neben dem Kampf der galante Umgang mit den Damen.

Helmbrechts spätere Schilderung seines eigenen Ritterlebens zeigt die völlige Abkehr von dieser Seite des Rittertums.

103 Friedrich Panzer hat in seiner Ausgabe die Verteilung der fünf Bilder auf dem Hut grafisch dargestellt:

vorn

5. Tanzende Ritter und Frauen		
3. Karlssage	1. Vögel	2. Trojanischer Krieg
4. Rabenschlacht		

hinten

104 Die Initiale steht in A bei v. 107.

109 *Die nâte ein nunne gemeit:* Die Geschichte der Nonne, die aus dem Kloster entlaufen war und sich dann ihren Lebensunterhalt u. a. mit dem Nähen des Huts verdient, bildet mit dem Verlassen ihres Standes erkennbar eine Parallele zum Leben Helmbrechts.

115 *die daz nider teil verrâten hât:* Wernher kommentiert das Geschehen in Form einer Sentenz, vielleicht nach einem damals gängigen Sprichwort. Sentenzen und Sprichwörter verwendet er häufig, z. B. im Falle von v. 289: *selten im gelinget / der wider sînen orden ringet* oder 1594 f. *dem wurde vil kleine, / der ze vil welle.* Weitere Beispiele bei Seelbach, *Kommentar*, 43. Zur Rolle von Sprichwörtern in der Literatur überhaupt vgl. Tomasek (Hrsg.), *Handbuch der Sentenzen* (wo der *Helmbrecht* jedoch nicht einbezogen ist).

117 *Gotelind:* bei Neidhart (s. zu den vv. 21–25) gibt es eine Bäuerin mit Namen *Götelinde.* Zu Gotelind vgl. Margetts, *Gotelind.*

131–216 Die Einkleidung des Helden bildet eine wichtige Episode in den höfischen Romanen. Stets geht es um kostbare Stoffe und Gegenstände (Näheres dazu bei Brüggen, *Kleidung und Mode*). Helmbrechts Einkleidung wirkt daran gemessen wie eine Parodie: Wie kann man einen Bauern so ausstaffieren, müssen die mittelalterlichen Hörer/Leser sich gefragt haben (Näheres dazu bei Lehmann-Langholz, *Kleiderkritik*).

139–216 Was man beim Lesen kaum sieht und noch viel weniger hört, ist die Tatsache, dass sich Wernher bei seinem Erzählen immer wieder an Proportionen hält. Die Erzählung der Mutter umfasst 78 Verse, genauso viele wie die Schilderung des Hutes.

147–154 Es handelt sich insgesamt also um eine (wiederum parodistische) Schwertleite, wie sie nur dem höfischen Ritter zusteht und noch dazu fälschlich von einer Frau ausgeführt wird (allerdings gibt es die große Ausnahme bei der Schwertleite Lancelots, die von Artus' Frau und Lancelots späterer Geliebter Ginover durchgeführt wird). Dabei war das Waffentragen den Bauern damals nicht mehr verboten. Nur die v. 153 erwähnte *gnippe* (»Dolch«) war davon z. B. im Bayerischen Landfrieden von 1256 ausgenommen, weil die Waffe verborgen getragen werden konnte. Andererseits findet sich immer wieder in der (für Adlige verfassten) Literatur Polemik gegen waffentragende Bauern, so mehrfach im *Seifried Helbling*, dem Lehrgedicht eines Angehörigen des niederen Adels, der sich Ende des 13. Jahrhunderts in Österreich die alten Zeiten zurückwünschte, nachdem der »landfremde« Herzog aus dem Geschlecht der Habsburger eine strikte Territorialpolitik gegen den niederen Adel durchgeführt hatte (Näheres bei Liebertz-Grün, *Seifried Helbling*, sowie Knapp, *Standesverräter*, 12 ff.). Bei diesem Autor hat man im übrigen Rückgriffe auf den *Helmbrecht* finden wollen.

165 *in den valden:* Offenbar wurden besonders wertvolle Stoffe in Tücher gehüllt bzw. »eingefaltet«.

169 *tuoch, daz was blâ:* Nach den Kleiderordnungen der Zeit war das Tragen von Kleidungsstücken aus blauem Tuch nur an Feiertagen erlaubt. So findet man es z. B. beim eben schon erwähnten *Seifried Helbling*. Der Bayerische Landfrieden von 1244 ist noch strenger: Er schreibt Bauern ausschließlich schwarze oder graue Kleidung vor.

192 *zwischen Hôhensteine und Haldenberc:* zu den Ortsnamen s. Nachwort.

217–220 Das Lob eines Dichterkollegen, vor allem eines verstorbenen, gehört zum typischen (topischen) Bescheidenheitsausdruck und kommt selbst bei einem so selbstbewussten Autor wie Wolfram von Eschenbach wiederholt vor. Dabei liefert die Stelle ganz nebenbei den Beweis für die Datierung des *Helmbrecht* nach 1247, dem Jahr, in dem Neidhart zum letzten Mal als Lebender nachgewiesen ist.

223 *hosen und spargolzen:* Wie etwas später v. 321 *hosen und schuohe von korrûn* erwähnt sind, ist auch mit *spargolzen* die Herkunft aus Spanien bzw. Cordoba gemeint, denn *spargolzen* hängt offenbar mit spanisch *calzon*, d. h. Fußbekleidung, zusammen (so Seelbach, *Kommentar*, 56).

226–645 Das erste Gespräch von Vater Helmbrecht mit seinem Sohn folgt bis in Einzelheiten einem Vorbild: dem Gespräch zwischen Abt und Gregorius im gleichnamigen Versepos des Hartmann von Aue (Näheres dazu bei Ruh, *Helmbrecht und Gregorius*; Seelbach, *Kommentar*, 57 ff.). Schon der Umfang ist mit jeweils etwas mehr als 400 Versen fast gleich. Beide Helden wollen ihren Stand verlassen (hier das Klosterleben, dort das des Bauern), beide wollen Ritter werden und verlangen eine entsprechende Ausstattung, in beiden Fällen soll eine günstige Heirat zur Umstimmung führen, gegen die sich wiederum beide Helden mit der Weigerung wenden, sich nicht *verligen* zu wollen (s. zu v. 328). Nur Helmbrecht tritt dabei in Parallele zum biblischen Gleichnis vom Verlorenen Sohn (Luk. 15,1 ff.), der nach einer Beobachtung von Hanns Fischer ebenfalls bei seinem Auszug um entsprechende Ausstattung (*stiure*, v. 228) bittet. Näheres dazu im Nachwort sowie bei Brettschneider, *Parabel*, 19 ff. Übrigens ist der erste Dialog wie auch die folgenden wieder nach strengen Proportionen aufgebaut. Beide Redepartner bekommen 78 Verse zugeteilt.

236 *hengest:* Das Wort bedeutet sowohl ›Hengst‹ wie ›Wallach‹. Wenig später (v. 325) ist von *meidem* die Rede, was im 13. Jahrhundert auf jeden Fall ›Wallach‹ bedeutete. Es wäre auf den ersten Blick reizvoll, die Stellen so zu verstehen, dass der Sohn einen Hengst fordert und der Vater nur einen Wallach kauft. Aber dies ist unwahrscheinlich. Wir wissen nämlich, dass das Pferd des Knappen ein Wallach war, sozusagen eine letzte feine Unterscheidung gegenüber dem ›richtigen‹ Ritter, an die sich selbst Helmbrecht gehalten haben

muss. Dass statt eines Wortes zwei auftauchen, scheint auf Reimzwang zurückzugehen (*meidem* reimt sich auf *eidem*, ›Schwiegersohn‹). Im übrigen ist das Pferd des Ritters das *ros* oder *ors* (das im *Helmbrecht* v. 670 vorkommt), womit weitere Differenzierungen nach spanischen, andalusischen oder sonstigen Pferden erst beginnen. Eine Dame saß auf einem *pferit* (im *Helmbrecht* v. 843). Dass Vater Helmbrecht sich beim Preis über den Tisch ziehen lässt, hängt schließlich mit seiner Unkenntnis zusammen, denn vor dem Pflug gingen damals ausdrücklich keine Pferde, sondern die im Text auch noch namentlich genannten Ochsen.

256 *mînen zehenden:* Der Bauer ist Pächter und hat seinem adligen Herrn gegenüber die Pacht im Sinne einer Steuer zu entrichten. Zur Pacht kommt dann der Zehnte an die Kirche noch hinzu.

277 *die dar ûf nâten frouwen:* Es besteht ein (nicht wirklich aufzulösender) Widerspruch zur Erzählung von der Nonne, die den Hut allein herstellte.

290 *der wider sînen orden ringet:* Wernher spricht hier die mittelalterliche Ständelehre an. Danach gab es drei Stände, die zusammen die Gesellschaft bilden und erhalten sollten: den Adel mit seiner militärischen Schutzfunktion (die Kämpfer), die Geistlichkeit mit ihrem Beistand (die Betenden) und die Bauern mit der Erwirtschaftung von Nahrung (die Nährenden). In der Theorie war dies ein System der gegenseitigen Unterstützung, bei dem jeder gleich viel wert war. In der Praxis lief es dagegen auf Zwang und Unterdrückung hinaus, die im Spätmittelalter auch erste Aufstände der Bauern auslöste, als sie sich vom Adel nicht mehr beschützt sahen. Für den alten Helmbrecht bedeutet die Ständelehre noch die Weltordnung, das Aufbegehren seines Sohnes die denkbar schwerste Sünde. Daher das Donnerwort im folgenden Vers: *dîn ordenunge ist der phluoc*. Die Aufforderung, seinem Stand treu zu bleiben, ist ein häufig angesprochenes Thema vor allem in der didaktischen Literatur (Belege bei Seelbach, *Kommentar*, 69).

299–328 Die 30 Verse sind wieder ein Kabinettstückchen kunstvoller Proportionen. Die fünf Argumente des Sohnes beanspruchen 4 + 6 + 10 + 6 + 4 Verse (vgl. Fechter, *Gliederung*).

322 *geziunte zûn:* Figura etymologica, also Verwendung des gleichen Wortstammes in verschiedenen Wortarten. Die rhetorische Figur kommt bei Wernher häufig vor (etwa v. 568, 580).

328 Das Verb *verligen* ist schon seit dem 12. Jahrhundert verbreitet und hat die Bedeutung ›durch zu langes Liegen erschlaffen‹. Hartmann von Aue lässt in seinem *Erec* den Titelhelden dieses Schicksal im Ehebett erleiden, was offenbar sehr bekannt wurde und immer wieder in späteren Epen zu Anknüpfungen führte. Im *Iwein* kommt es bei Hartmann selbst zur Warnung vor *verligen*, und in seinem *Gregorius* will der Titelheld das Schicksal wie Helmbrecht vermeiden. Auch im *Wigalois* des Wirnt von Gravenberg zieht der Held in die Welt aus, um sich nicht zu *verligen*. Man kann im *Helmbrecht* also von einem wohl ebenso bewussten wie vom kundigen Publikum leicht entzifferbaren Zitat ausgehen.

363 Die *büne* entspricht unserer »Bühne«, bezeichnet also wörtlich einen erhöhten Raumteil für die »Höhergestellten«, was dann metaphorisch verwendet wurde für die adligen Herren (Hinweis von Ruh zur Stelle).

390 *einen loden von drîzec stürzen:* Der wenig wertvolle graue Lodenstoff wurde nicht gerollt aufbewahrt, sondern in Lagen übereinander.

391 *alsô saget uns daz mære:* Die Wendung ist formelhaft und weit verbreitet, so dass wohl der Widerspruch zum programmatischen Erzählen von ausschließlich Selbsterlebtem nicht auffiel.

399 *zehen phunt:* Man hat schon früh nachgerechnet, welcher Wert heute zehn Pfund Silber entspricht, wobei Seelbach, die damalige Münzverschlechterung einbezogen, auf einen Wert von 10 000 DM gekommen ist (*Kommentar*, 77).

406–639 Der zweite Vater-Sohn-Dialog umfasst 234 Verse, wobei genau doppelt so viele auf den Vater entfallen. Zu den akrobatischen Proportionskunststücken, die sich auch hier wieder ergeben, vgl. Seelbach, *Kommentar*, 78.

419 *lâ mich ûz dîner huote:* Der Vater übt nach mittelalterlichem Recht in der Familie die Muntgewalt aus, die »Vormundschaft« in

allen rechtlichen Dingen. Die Folgen können gravierender nicht sein, Helmbrecht kann nun auf keinen Schutz mehr rechnen.

426 *nû zuo des der neve sî:* Seltene und schwer entzifferbare Formel, die offenbar die Entlassung des *neven* als Angehörigen der väterlichen Sippe aus dessen Muntgewalt ausdrückt.

437 f. Vorausdeutung auf Helmbrechts späteres Schicksal.

445 *da ze Ôsterrîche clamirre:* Vater Helmbrecht sucht den Sohn zur Bescheidenheit beim Essen zu überreden und berührt dabei das Thema von Herren- und Bauernspeise, für das es im Mittelalter Vorschriften gab. So war den Bauern Wild verboten, es galt der sog. Jagdbann. Auch das v. 478 genannte Weißbrot aus Weizenmehl war dem Adel vorbehalten. Die Obst- oder Fleischpasteten mit dem Namen »Klammer« (nach Seelbach eine Art Sülze, die aus dem Spitzbein des Kalbes gewonnen wurde) haben dabei zur Lokalisierung des *Helmbrecht* gedient: Es ist ja die Rede von dem, was »*dort* (also drüben) in Österreich« gegessen wird, so dass die Handlung selbst in Bayern liegen muss. Ruhs Hinweis, dass *dâ* auch »hier« bedeuten könne, erscheint doch sehr künstlich.

473 *gîslitz:* In der Forschung kursieren verschiedene Deutungen für die seltene Bezeichnung, und zwar vom »Haferbrei« bis zur »Sülze«, die aber vorher mit der *clâmirre* abgedeckt ist.

480 *man liset ze Rôme an der phaht:* Die Aussage ist ganz unbestimmt, spielt aber auf sympathetische Beziehungen zwischen Pate und Täufling an, die im Aberglauben der Zeit verankert waren (wozu das Römische Recht kaum passt). Wie der junge Helmbrecht an einen adligen Paten gekommen sein soll, bleibt dabei völlig offen.

487–508 Helmbrecht trägt hier die Lehre vom Tugendadel vor, die im Mittelalter bei den Didaktikern sehr verbreitet war. In Freidanks *Bescheidenheit* kommt das Thema ebenso vor wie in Thomasins von Zerklaere *Welschem Gast* (beide frühes 13. Jahrhundert). Näheres dazu bei Borck, *Adel, Tugend,* 445 f., und Göttert, *Ritter,* 182 ff.

553–560 Das Lob der bäuerlichen Arbeit als Grundlage der Gesellschaft wurde von den Bettelorden verkündet. Unter diesem Einfluss steht die Schachbuchliteratur des 14. Jahrhunderts, in der die menschliche Gesellschaft anhand der Figuren des Schachspiels erläutert wird. Jacobus de Cessolis begründete die Gattung mit einem Werk in lateinischer Sprache, worauf sich Konrad von Ammenhausen in seinem deutschen *Schachzabelbuch* (1337) stützte. Es heißt dort ausdrücklich, dass der König ohne den Bauern nichts ausrichten kann. Wernher konnte dies nicht kennen, wohl aber vielleicht die Predigten des Franziskaners Berthold von Regensburg, der das Thema ebenfalls berührte.

577–645 Die Träume des Vaters sind wieder ein Kabinettstückchen formaler Gliederung. Der Vater benötigt 46 Verse, der Sohn mit seiner Antwort genau die Hälfte, also 23.

581 f. Die beiden Lichter deuten nach Tschirch (Kommentar zur Stelle) auf die beiden Augen voraus, die der Scherge Helmbrecht später aussticht.

654–659 Wernher geht hier kurz auf das große Problem seiner Zeit ein: die Ausbreitung eines Raubrittertums, die sich auf ein Grundrecht des Adels stützt, die Fehde. Was ursprünglich als Selbstverteidigung gedacht war, hatte sich im 13. Jahrhundert längst zur willkürlichen Ausübung von Gewalt entwickelt, mit der der Adel die aufgrund von Bevölkerungsrückgang und Seuchen immer stärker schwindenden Einnahmen zu verbessern suchte. Helmbrecht ist also nicht selbst Raubritter, sondern Knecht eines solchen (gehört nach v. 659 zum *gesinde*), der dessen »Recht« usurpiert. Näheres zum Raubrittertum bei Göttert, *Ritter*, 211 ff.

653–689 Aus der Schilderung des Räuberlebens geht hervor, dass Helmbrecht seinen Lohn am Hof nicht in Form von Bezahlung erhält, sondern durch die Erlaubnis zum Raub auf eigene Rechnung. Räuber dieser Art waren besonders brutal und werden in der Literatur entsprechend geächtet (Stellen bei Seelbach, *Kommentar*, 104 f.).

670 *er nam daz ros, er nam daz rint:* Die unscheinbare Stelle zeigt noch einmal, dass Helmbrecht bei seiner Ausstattung einen Wallach erhält. Hier nämlich ist vom *ros* der Adligen die Rede, die genauso Opfer werden wie die Bauern.

697–898 Die Geschichte der Rückkehr des Sohnes ins Elternhaus entspricht klar dem biblischen Vorbild: dem Gleichnis vom Verlorenen Sohn, den der Vater großzügig aufnimmt. Nur folgt im *Helmbrecht* eben auch das gerade Gegenteil, nämlich zum Schluss die Verstoßung des Sohns, als er statt im Glanz in seiner völligen Hilflosigkeit noch einmal zurückkehrt. Die erste Heimkehr hat dabei in der zweiten ihr genaues Spiegelbild (vgl. Tschirch, *Helmbrecht*), nur mit umgekehrtem Vorzeichen. Bei der ersten freut sich der Vater über den Besuch, bei der zweiten weist er ihn ab. Bei der zweiten wiederholt der Vater ironisch die flämische und französische Begrüßung der ersten. Bei der ersten will Helmbrecht sich nicht zu erkennen geben, bei der zweiten will der Vater ihn nicht kennen. Schließlich nimmt der Vater ihn bei der ersten Heimkehr auf, bei der zweiten nicht.

711–748 Die Szene ist wieder einmal (spiegel)symmetrisch aufgebaut: Die Begrüßung erfolgt in der Reihenfolge Knecht, Schwester, Vater, Mutter. Die Identifizierung Helmbrechts erfolgt in der Reihenfolge Mutter, Vater, Schwester, Knecht.

717 *liebe swester kindekîn:* Helmbrecht spricht seine Schwester in niederdeutschem Dialekt an, woraus der Knecht sinnvollerweise eine Herkunft aus (Nieder-)Sachsen oder Brabant macht. Die Handschriften geben ein unterschiedliches Bild, A bietet als Dialektwort *kindekin*, B das einfache *kinde*, daneben aber *süsse* (also *süsse kinde*). Die Herausgeber sind nicht untätig geblieben und haben aus beidem zusammen *soete kindekîn* gemacht (Ruh, Tschirch, auch schon Gough). Ich belasse es bei A und verzichte auch bei der Übersetzung auf das schwungvoll niederdeutsche *leiwe seute Kinderkens* von Tschirch. Niederdeutsch ist im übrigen kein Zufall, sondern bezeichnet das sog. höfische Vlämen (nach Neidhart, *Winterlied* 27: *mit sîner rede er vlaemet*), eine Hommage an Flandern als ein wichtiges Herkunftsland höfischen Rittertums.

722 *gracia vester* (so nach A, bei B *gratia vester*) gibt lateinisch *gratia vestra* (»Gnade sei mit Euch«) wieder, wobei nicht ganz klar ist, ob Wernher seinen Helden falsches Latein sprechen lässt, um ihn

lächerlich zu machen, oder schlicht Reimzwang (auf *swester*) vorliegt, wie Ruh im Kommentar zur Stelle vermutet.

726 *dê ûs sal:* »dieu vous salve«. Helmbrecht spricht hier Französisch, das allerdings erst entziffert sein will (wie es Gough und Ruh in ihren Ausgaben getan haben). Bekannt könnte dieser Gruß Wernher aus Gottfrieds *Tristan* gewesen sein, wo er nach dem Hinweis wiederum Ruhs öfter und in genau der Schreibweise der Handschriften A/B vorkommt.

728 *dobra ytra:* Helmbrecht spricht hier Tschechisch, verwendet dabei den damals wohl in der Region bekannten böhmischen Gruß. Seelbach hat dies in seinem Kommentar zur Bestimmung der Entstehung des *Helmbrecht* herangezogen. Weil der Vater den jungen Helmbrecht in v. 776 f. als Böhmen harsch wegschickt, könnte dies zur Böhmenfeindschaft von Herzog Heinrich XIII., dem vermuteten Gönner Wernhers, gegenüber Ottokar II. von Böhmen passen, die 1272/73 aus Gründen einer neuen politischen Konstellation beendet wurde (*Kommentar*, 116 f.). Der *Helmbrecht* müsste also kurz davor entstanden sein. Letzte Sicherheit gibt es dabei nicht. Interessant ist der Hinweis von Tschirch in seiner Ausgabe, dass dieser böhmische Gruß auf jeden Fall ›Guten Morgen‹ bedeutet, während Helmbrecht nach v. 795 am Abend einkehrt. Dies würde zum schlechten Latein passen und das Bild des »Angebers« abrunden, der mit Fremdsprachen agiert, ohne sie wirklich zu beherrschen.

764–68 *ei, waz sacket ir gebûrekîn:* Wieder vlämt Helmbrecht, wobei die Herausgeber wieder mehr Niederdeutsch einfügen, als die Handschriften hergeben. Ruh konjiziert für das *saket*, das für hochdeutsches *saget* steht, ein hübsch niederdeutsches *snacket*. Tschirch übersetzt ebenfalls in elegantem Niederdeutsch: »Ei, wat snackt ju für Takeltüg.« Ich bin zurückhaltender, folge A und biete außer dem »Bäuerken« noch das fast unvermeidliche »snackt« (Konjektur von Eduard Schröder, 1887). Die nachfolgenden niederdeutschen Einsprengsel (*wîf* für *wîp*, *parit* für *pfärit*, *lîf* für *lîp* und *grîpen* für *gripfen* werden ebenfalls mit heute gängigen niederdeutschen Äquivalenten übersetzt.

765 *gunêrte wîf:* Das Partizip *gunêrt* steht für *ge-unêrt*, also das Gegenteil von »geehrt«.

835–38 Sobald der Vater den Sohn erkannt hat, geht er wieder vom förmlichen »Ihr« zum familiären »du« über.

897 *Wanchûsen:* Der Brunnen von Wanghausen, bei der Kirche Maria-Ach, ist seit dem 14. Jahrhundert für seine Heilkraft berühmt. Wanghausen liegt direkt dem schon erwähnten Burghausen auf der anderen Seite der Salzach gegenüber, der Residenz des bayerischen Herzogs Heinrich XIII., wo Seelbach den »Uraufführungshof« des *Helmbrecht* vermutet (*Kommentar*, 128). Dass der Schreiber der Handschrift B daraus Leubenbach (Leonbach zwischen Wels und Kremsmünster im Traungau) gemacht hat, entspricht der Gewohnheit, bei entsprechender Vortragssituation neue Persönlichkeiten zu ehren, die mit dem jeweiligen Ort verbunden sind.

904–1041 Im dritten Vater-Sohn-Dialog ist der Redeanteil des Vaters wieder einmal genau doppelt so groß wie der des Sohnes.

913–1035 Die Schilderung der guten alten gegenüber den schlechten neuen Sitten am Hof entspricht einer Topik, die seit dem Hochmittelalter große Verbreitung fand. Vor allem die Hofkritik kennt eine lange Geschichte, die im *Policraticus* des Johannes von Salisbury (zw. 1156 und 1159) ihr erstes berühmtes Zeugnis hat. Von deutschen Texten kann man den *Welschen Gast* von Thomasin von Zerklaere (1215/16) nennen. Es gibt die Klage über den Verfall also schon viele Jahrzehnte vor dem *Helmbrecht*. Näheres bei Göttert, *Ritter*, 176 ff. und 182 ff.

927 *buhurdiern:* Der Buhurt war die ältere, deutsche Form des Turniers, die dann von der französischen Form abgelöst wurde. Der Buhurt war reiner Reiterkampf in Gruppen ohne oder mit weniger gefährlichen Waffen. Vater Helmbrecht beschreibt es ganz gut, obwohl diese Art von Kampfsport zu seiner Zeit schon lange aus der Mode gekommen sein muss.

957 Der *Herzog Ernst* schildert den Aufstand des Schwabenherzogs Ernst II. gegen seinen Stiefvater, Kaiser Konrad II., den ersten Salierkönig. Das 1180, also in früher höfischer Zeit entstandene

Werk war wegen der Orientfahrt des Titelhelden sehr beliebt, thematisiert aber auch ein Hauptproblem des Reiches mit der Auflehnung der Fürsten gegenüber dem König und die Bedrohung des Friedens. Von daher könnte es als »Parallele« zum *Helmbrecht* gemeint sein. Die Stelle gehört im übrigen zu den eher seltenen Beschreibungen höfischer Aufführungspraxis. Die Rede ist also von jemandem, der das Werk »las«, was sicher die Bedeutung von »vorlas« hat.

968 Die Verkehrung alter Sitten in ihr Gegenteil ist eine Formulierung, die auch Walther von der Vogelweide in seiner Hofkritik öfter verwendet. Es ist natürlich kaum zu sagen, ob Wernher davon wusste. Wahrscheinlich wird es dadurch, dass er wenige Verse später ebenfalls eine berühmte Formulierung des Vorgängers verwendet, nämlich die Wertetrias von *guot, êre* und *gotes hulde* in Walthers sogenanntem *Ersten Reichston.*

969–980 Dass heute nur noch die Ehrlosen und Durchtriebenen am Hof geschätzt sind, dass nur Lügner und Betrüger geschätzt werden, gehört zu den zentralen Punkten der Hofkritik eines Thomasin von Zerklaere (vgl. Göttert, *Zeiten und Sitten*, 87 ff.).

986–1006 Der Ersatz der Minne durch den Wein, der Minnedame durch die Schankwirtin ist ein Topos der Literatur. Seelbach verweist (*Kommentar*, 138) auf den Stricker (*Klage*, 263 ff.) und Ulrich von Liechtenstein (*Frauenbuch* 635,5 ff.).

1001 *brieve von minne:* Gattung der sog. Büchlein oder Liebesreden (vgl. Ruh zur Stelle).

1019 *âht und ban:* Die Acht ist die Höchststrafe der weltlichen, der Bann diejenige der kirchlichen Gewalt.

1034 *enen rîchen vâhen:* Gehört zur Praxis der Lösegelderpressung, die im Mittelalter von großer Bedeutung war. Das prominenteste Beispiel ist der englische König Richard Löwenherz, der von Kaiser Heinrich VI. auf der Burg Trifels gefangen gehalten und gegen die Zahlung von ca. 23 Tonnen Silber (den doppelten Jahreseinkünften der englischen Krone) freigelassen wurde.

1052 *gämelîcher dinge:* Der Vater erhält mit Wetzstein, Sense, Beil und Hacke durchaus nützliche Dinge, die nur an höfischen Sitten gemessen »spaßig« wirken. Der Fuchspelz für die Mutter ebenso wie das Seidenband für die Schwester sind dabei weniger unpassend, gehören vielmehr zu der Art von Kleidung, die den Bauern verboten war. Die Schnürschuhe für den Knecht wie das rote Band für die Großmagd erscheinen dagegen eher bloß überflüssig.

1152 f. Die Lockerung des Gürtels bei Tisch (hier allerdings grotesk übertrieben) fällt tatsächlich unter die Höflichkeitsregeln, die in den höfischen Tischzuchten behandelt sind: Schirokauer/Thornton (Hrsg.), *Höfische Tischzuchten* (Nr. 6a und Nr. 6c); Näheres dazu bei Göttert, *Zeiten und Sitten*, 95 ff.

1166 f. Ins Essen bzw. ein Getränk zu blasen zählt ebenfalls zu den Unanständigkeiten, die in Tischzuchten erwähnt werden: Schirokauer/Thornton (Nr. 2, Nr. 6a, Nr. 7, Nr. 10).

1185–1237 Die Räuber haben wie öfter in der mittelalterlichen Literatur »sprechende« Namen, meist aus dem Bereich der Gier beim Essen. Der »Schreinrüttler« spielt auf die Öffnung von Kisten an, »Kelchzerschlager« auf das Einschmelzen, um die Beute verkaufen zu können. Helmbrechts Name »Landverschlinger« ist von *geu* (›Land‹, vgl. »Gau«) abgeleitet. Näheres bei Boesch, *Namengebung*, 251 und 259.

1203–08 *ûf tuot er âne slüzzel:* Es geht um einen sog. Lösezauber, also eine magische Praxis.

1220 *von Nônarre Narrîe:* schwer wiederzugebender Scherzname, etwa: Närrin von Narrenhausen.

1260–64 Die Vorstellung des Vaters erklärt sich durch die spätere Handlung, in der sich genau dies vollzieht (s. vv. 1641–50).

1305 *wegescheide:* Der Kreuzweg gilt als unheiliger Ort, wo sich der Galgen befindet und die Verbrecher beerdigt werden.

1310 Hs. A scheint aus metrischen Gründen nicht das Richtige zu bieten. Hs. B bietet eine korrektere Lesart: *daz wizze Lemberslint für wâr*. Aber auch der Vers nach Hs. A ist zur Not mit vier Hebungen lesbar: *daz wízzè für wár*.

1327 Die Morgengabe nach der Brautnacht gehört zum mittelalterlichen Eherecht und ist in verschiedener Ausgestaltung (als Geldsumme, mobiles oder immobiles Gut, etwa in Form von Nutzungs- bzw. Ertragsrechten) nachweisbar. Den berühmtesten Fall stellt Siegfrieds Übergabe des Nibelungenhorts an Kriemhild dar, aber auch im *Tristan* Gottfrieds von Straßburg kommt sie vor (v. 11395). Zu den Einzelheiten seit den germanischen Volksrechten vgl. Ennen, *Frauen*.

1334 *kriuzer:* Die Nennung des Kreuzers im *Helmbrecht* ist nach Seelbach (*Kommentar*, 169 f.) der erste Beleg für die Münze überhaupt. Hs. B bietet dagegen den *haller* (Heller), der älter ist und zur Entstehungszeit besser passt.

1359 f. *niuwen, dehsen, swingen, bliuwen* sind Bearbeitungsvorgänge bei der Flachsgewinnung: Brechen des holzigen Kerns, Schlagen zur Ablösung der holzigen Teile usf.

1374–92 Die Prägung des Charakters aufgrund eines Beischlafs während der Schwangerschaft, worauf sich Helmbrecht und Gotelind berufen, gehört zum magischen Denken und wird von Konrad von Megenberg im *Buch der Natur* (1349/50) angeführt (488, 4–8). Vgl. dazu Margetts, *Gotelint*, 63 f.

1378 f. Die Hochzeit zwischen Artus und Ginover wird in keinem deutschen Artusroman dargestellt.

1388 *in dem barme:* Die Konjektur (gegen beide Handschriften, die *an dem arme*, also »auf dem Arm« bieten) ist schon von Jänicke 1869 vorgenommen und dann von den meisten Herausgebern übernommen worden. Gough begründet seine Abweichung mit der »Absurdität«, auf die es Wernher angekommen sei – eine kaum überzeugende Lösung.

1469 *briutestuol:* Das Besteigen des »Hochzeitsstuhls« gehört zu Zeremonien im Zusammenhang der Eheschließung und wird auch etwa in Hartmanns *Erec* (v. 7662) erwähnt.

1497 *schôz sînen bolz:* Die Vorstellung der antiken Mythologie, nach der Amor mit seinem Pfeil Liebe entzündet, ist im Mittelalter noch lebendig und spielt beispielsweise in der *Eneit* des Heinrich von Veldeke eine Rolle.

1503–06, 1529–32 Das »syntaktische Liebesspiel« (Wolfgang Mohr), virtuos gehandhabt im *Tristan* Gottfrieds von Straßburg, hat sich auch Wernher nicht entgehen lassen (es kann natürlich auch nach dem Vorbild Gottfrieds nachträglich eingefügt worden sein, wie Brackert im Kommentar seiner Ausgabe vermutet). Es ist in den Handschriften jedoch eigenartig unvollständig wiedergegeben. In A fehlen die Zeilen 1505 f., in B 1529 f. Es ist kaum vorstellbar, dass dies der originale Zustand ist. Wie die meisten Herausgeber habe ich mich für eine Version mit beiden »Umschlingungen« entschieden, v. 1505 f. also konjiziert. Ein starkes Argument dafür liegt im übrigen in der Tatsache, dass auf diese Weise eine perfekte Symmetrie zustande kommt: 1503 und 1532 ist Gotelind hervorgehoben, 1504 und 1531 Lämmerverschlinger, 1505 und 1530 wiederum Lämmerverschlinger, 1506 und 1529 Gotelind, 1511 und 1522 Lämmerverschlinger, 1512 und 1521 schließlich Gotelind.

1505–06 Die beiden Verse fehlen in A, stammen aus B. Die doppelte Darstellung der Vermählung aus der Sicht Helmbrechts und Gotelinds passt aber sehr gut zu sonstigen Anleihen des Textes an Gottfrieds *Tristan*, wo Gottfried von Straßburg diese »Verdoppelung« öfter anwendet (vgl. Tschirch, *Wernhers »Helmbrecht«*).

1510 Die Aufstellung im Kreis gehört zum Trauzeremoniell, bei dem die Brautleute von den Zeugen umgeben sind. Ein Beispiel aus der hochhöfischen Zeit wäre das *Nibelungenlied* (Str. 614).

1512–29 Das dreifache Jawort gehört wiederum zum Trauzeremoniell, wird in diesem Fall jedoch durch die »Ausschmückung« von Lämmerverschlinger und Gotelind karikiert.

1534 Das Treten auf den Fuß steht in magischem Zusammenhang und soll die Herrschaft in der Ehe sichern.

1537 Die vier klassischen Hofämter (der Marschall für die Pferde, der Mundschenk für das Essen, der Truchsess für die Unterbringung der Gäste, der Kämmerer für die Finanzen) hatten schon im Hochmittelalter nur noch zeremonielle Bedeutung. In dieser Form jedoch waren sie unverzichtbar, wie etwa die Verwendung im *Nibelungenlied* (Str. 11) zeigt. Im *Helmbrecht* kommen auch noch ein Küchenmeister und Brotausteiler hinzu, womit das Ganze vollends in eine Karikatur übergeht.

1612–1792 Zum Gerichtsverfahren s. das Nachwort sowie Lange, *Gerichtsverfahren*, und Menke, *Recht*.

1613 *rihter selpfünfte:* wörtl.: »der Richter selbst der fünfte«, also zusammen mit vier weiteren Personen (vgl. »Anna selbdritt« als Figurenkonstellation aus Maria mit ihrer Mutter Anna und ihrem Kind Jesus). Aus dem Folgenden ergibt sich, dass der Richter, der für die Verurteilung zuständig ist, einen Schergen zur Ausführung der Leibesstrafen bei sich hat, wobei er über zwei Knechte als Helfer verfügt.

1614–30 und 1641–50 Die Überwältigung der zehn Räuber durch den Schergen mit seinen wenigen Helfern beruht auf dem Aberglauben des sog. Schergenbanns, wonach dem Schergen also magische Macht zukommt. Wernher hat dies mit dem Walten Gottes verquickt.

1631–38 Die Vergewaltigung Gotelinds ist nur angedeutet. Sie entspricht den Rechtsvorstellungen, denn Gotelind ist nach ihrer Aufkündigung der väterlichen Muntgewalt vogelfrei.

1651 *daz mære mit sprüchen:* Nach Seelbach (*Kommentar*, 191 f.) sind mit den *sprüchen* Sprichwörter gemeint, von denen er vier aufzählt. Nach Ruh und Brackert geht es, für mich überzeugender, um den Urteilsspruch (genauer: die Urteilssprüche über sämtliche Räuber) des Richters. Zu den Abläufen vor Gericht und dem juristischen Hintergrund insgesamt s. Nachwort.

1656–68 Das Schleppen des Diebesguts zum Ort der Hinrichtung ist auch sonst gut belegt (etwa bei Berthold von Regensburg) und hat etwas mit seiner Rolle als Beweismittel zu tun.

1673 Wie Seelbach (*Kommentar*, 194) zeigt, steht der »Wolf« oft für den Dieb. Man könnte die Stelle also auch so übersetzen: »Wenn einem ein Dieb …« Störend wirkt allerdings, dass in der nächsten Zeile vom weggebissenen Vieh die Rede ist, was ja eher zum Wolf passt.

1677 f. Die beiden Zeilen sind nur in B überliefert. Man könnte den Text auch nach A gut verstehen, wenn man liest: Das ist die volle Wahrheit (1676): Der Scherge knüpfte nun neun von der Bande auf (1679). Ich habe mich trotzdem für die zusätzlichen B-Verse entschieden, weil sie ein wichtiges Thema der Zeit ansprechen: die Bestechlichkeit der Richter. Was Wernher (oder vielleicht doch ein späterer Abschreiber) fordert, nämlich die moralische Tadellosigkeit der Richter, dürfte zu seiner Zeit die krasse Ausnahme gewesen sein.

1681 Dass der Richter den zehnten Mann begnadigt (ihn *genesen* lässt), um mit ihm nach Gutdünken zu verfahren (Lösegeld zu verlangen oder ihn zu verstümmeln), ist im *Sachsenspiegel* und *Schwabenspiegel* (13. Jahrhundert) bezeugt. Näheres zum Henkerszehnten bei Neidert, *Recht des Fronboten*, 67 ff.

1683 Die Stelle ist sprichwörtlich (vgl. Ruh und Tschirch jeweils zur Stelle).

1713–96 Beim fünften und letzten Vater-Sohn-Dialog gehören dem Vater 63 Verse, dem Sohn 21, also genau (aber auch nur noch) ein Drittel.

1717 *blindekîn:* spöttische Nachahmung des *kindekîn* (v. 717) von Helmbrecht. Ob die genau 1000 Verse dazwischen Zufall sind? Dem Form- und Zahlenkünstler Wernher wäre auch hier noch Absicht zuzutrauen.

1894 *daz mære von der houben:* Die Zeile ist von Max Ittenbach 1932 als Titel veranschlagt worden, was jedoch schon Friedrich Panzer in seiner ersten ATB-Ausgabe zurückwies.

1902 f. Die Laienbeichte kommt in der mittelalterlichen Literatur öfter vor (vgl. Tschirch zur Stelle).

1904–08 Die Erdkommunion kommt in der Heldenepik vor (vgl. Ruh zur Stelle).

1919–22 *Guot, êre* und *gotes hulde* stellen auch die Trias dar, die Walther von der Vogelweide in seinem *Ersten Reichston* anspricht. Sie gilt es zu vereinen, nach Helmbrechts Tod geschieht dies.

1921 f. *vride bî der wide:* Formel in den Landfrieden (vgl. Seelbach, *Kommentar*, 214 f.).

1923–30 Die meisten Herausgeber haben diese nur in A überlieferten Verse als unecht bezeichnet. Ob sie von Hans Ried stammen, ist damit nicht ausgemacht.

1931–34 Der Epilog könnte von einem Vortragenden stammen oder auch von einem Schreiber, der den Dichternamen oder vielleicht sogar den Dichter selbst noch kannte. In jedem Fall ist die Fürbitte für einen Vorleser eine Ausnahme in der höfischen Literatur.

1934 *Wernher der Gartenære:* Am Namen des Dichters ist viel gerätselt worden. Weil *garten* ›betteln‹ heißt, hat man an einen um Gaben bettelnden Dichter gedacht (und sogar einen Angehörigen des Bettelordens der Franziskaner: s. Nachwort und Kästner, »*fride und reht*«). Am einfachsten und auch überzeugendsten erscheint jedoch der Hinweis auf einen häufig im bayerisch-österreichischen Raum vorkommenden Familiennamen.

Literatur

Ausgaben

Charles E. Gough (Hrsg.): Texts A and B of the Mhg. Poem *Meier Helmbrecht.* In: Proceedings of the Leeds Philosophical and Literary Society, Literary and Historical Section 2 (1929/32) S. 341–360 und 439–459; 3 (1932/35) S. 1–15.

Franz Hundsnurscher (Hrsg.): Wernher der Gartenaere. Helmbrecht. Abbildungen zur gesamten handschriftlichen Überlieferung. Göppingen: Kümmerle, 1972. (Litterae. Göppinger Beiträge zur Textgeschichte. 6.)

Wernher der Gartenaere: Meier Helmbrecht. A Poem. Ed. by Charles E. Gough. Oxford: Blackwell, 1942. Reprogr. Nachdr. Ebd. 1957.

Wernher der Gartenaere: Helmbrecht. Hrsg. von Friedrich Panzer. Halle a. d. S.: Niemeyer, 1902, 6.–9. Aufl. bes. von Kurt Ruh. Tübingen: Niemeyer, 1960–74. 10. Aufl. bes. von Hans-Joachim Ziegeler. Ebd. 1993.

Wernher der Gartenaere: Helmbrecht. Mittelhochdeutscher Text und Übertragung. Hrsg., übers. und mit einem Anhang vers. von Helmut Brackert, Winfried Frey und Dieter Seitz. Frankfurt a. M.: Fischer Taschenbuch Verlag, 1972 [u. ö.].

Wernher der Gartenære: Helmbrecht. Hrsg. von Klaus Speckenbach. Darmstadt: Wissenschaftliche Buchgesellschaft, 1974.

Wernher der Gärtner: Helmbrecht. Mhd./Neuhd. Hrsg., übers. und erl. von Fritz Tschirch. Stuttgart: Reclam, 1974 [u. ö.]. (Universal-Bibliothek. 9498.)

Sekundärliteratur (Auswahl)

Boesch, Bruno: Über die Namengebung mittelhochdeutscher Dichter. In: Deutsche Vierteljahrsschrift für Literaturwissenschaft und Geistesgeschichte [DVjS] 32 (1958) S. 241–262.

Borck, Karl Heinz: Adel, Tugend und Geblüt. Thesen und Beobachtungen zur Vorstellung des Tugendadels in der deutschen Litera-

tur des 12. und 13. Jahrhunderts. In: Pauls und Braunes Beiträge zur Geschichte der deutschen Sprache und Literatur [PBB] 100 (Tübingen), 1978, S. 423–457.
Brettschneider, Werner: Die Parabel vom verlorenen Sohn. Das biblische Gleichnis in der Entwicklung der europäischen Literatur. Berlin 1978.
Brüggen, Elke: Kleidung und Mode in der höfischen Epik des 12. und 13. Jahrhunderts. Heidelberg 1989.
Ennen, Edith: Frauen im Mittelalter. München 1984.
Fechter, Werner: Gliederung thematischer Einheiten. In: PBB 79 (Tübingen), 1957, S. 396–403.
Fischer, Hanns: Gestaltungsschichten im *Meier Helmbrecht*. In: PBB 79 (Tübingen), 1957, 85–109.
Göttert: Karl-Heinz: Zeiten und Sitten. Eine Geschichte des Anstands. Stuttgart 2009.
– Die Ritter. Stuttgart 2011.
Green, Dennis-Howard: Medieval Listening and Reading. The Primary Reception of German Literature 800–1330. Cambridge 1994.
Grosse, Siegfried / Rautenberg, Ursula: Die Rezeption mittelalterlicher deutscher Dichtung. Eine Bibliographie ihrer Übersetzungen und Bearbeitungen seit der Mitte des 18. Jahrhunderts. Tübingen 1989. S. 315–323.
Hartmann, Sieglinde: *siteche unde tûben* – Zur Vogelsymbolik im *Helmbrecht.* In: Deutsch-französische Germanistik, Hrsg. von S. H. und Claude Lecouteux. Göppingen 1984. S. 143–159.
Hess-Lüttich, Ernest W. B.: *har* und *hûben, tanz* und *troum.* Das Zeichensystem Wernhers des Gartenaere. In: Zeichen und Realität. Akten des 3. Semiotischen Kolloquiums der Deutschen Gesellschaft für Semiotik, Hamburg 1981. Hrsg. von Klaus Oehler. Bd. 2. Tübingen 1984. S. 519–526.
Hüpper, Dagmar: Familie Helmbrecht in der Krise. In: Symbole des Alltags, Alltag der Symbole. Graz 1992. S. 641–659.
Ittenbach, Max: Höfische Symbolik II. Helmbrechts Haube. In: DVjs 10 (1932) S. 404–411.

Jackson, William E.: Das Märe von Helmbrecht als Familiengeschichte. In: Euphorion 84 (1990) S. 45–58.
Kästner, Hannes: »fride und reht« im *Helmbrecht*. Wernhers Maere im Kontext zeitgenössischer franziskanischer Gesellschafts- und Ordnungsvorstellungen. In: Nolte/Schneider (Hrsg.): *Helmbrecht*. S. 25–44.
Knapp, Fritz Peter: Standesverräter und Heimatverächter in der bayerisch-österreichischen Literatur des Spätmittelalters. In: Nolte/Schneider (Hrsg.): *Helmbrecht*. S. 9–24.
Lange, Günter: Das Gerichtsverfahren gegen den jungen Helmbrecht. In: Zeitschrift für deutsches Altertum und deutsche Literatur 99 (1970) S. 222–234.
Lehmann-Langholz, Ulrike: Kleiderkritik in mittelalterlicher Dichtung. Frankfurt a. M. [u. a.] 1985. [Zum *Helmbrecht*: S. 194 ff.]
Liebertz-Grün, Ursula: Seifried Helbling: Satiren kontra Habsburg. München 1981.
Margetts, John: Gotelind und Helmbrecht. In: Neophilologus 56 (1972) S. 50–66.
Matt, Peter von: Verkommene Söhne, missratene Töchter. Familiendesaster in der Literatur. München/Wien 1995. [S. 51–70.]
Menke, Petra: Recht und Ordo-Gedanke im Helmbrecht. Frankfurt a. M. [u. a.] 1993.
Neidert, Manfred: Das Recht des Fronboten auf den Henkerszehnt. Diss. Frankfurt a. M. 1982.
Nolte, Theodor / Schneider, Tobias (Hrsg.): Wernher der Gärtner. *Helmbrecht*. Die Beiträge des Helmbrecht-Symposions in Burghausen 2001. Stuttgart 2001.
Raudzus, Gabriele: Die Zeichensprache der Kleidung. Untersuchungen zur Symbolik des Gewandes in der deutschen Epik des Mittelalters. Hildesheim [u. a.] 1985.
Ruh, Kurt: Der ursprüngliche Versbestand von Wernhers *Helmbrecht*. In: Zeitschrift für deutsche Philologie 86 (1967). Sonderheft. S. 3–14.
– *Helmbrecht* und *Gregorius*. In: PBB 85 (Tübingen), 1963, S. 102–106.

Schindele, Gerhard: *Helmbrecht*. Bäuerlicher Aufstieg und landesherrliche Gewalt. In: Literatur im Feudalismus. Hrsg. von Dieter Richter. Stuttgart 1975. S. 131–211.

Schirokauer, Arno / Thornton, Thomas Perry (Hrsg.): Höfische Tischzuchten. Berlin 1957.

Scholler, Harald: Das Proömium (V. 1–8) des *Helmbrecht*: Inhalt, Form, Entstehung. In: PBB 88 (Tübingen), 1967, S. 311–333.

Scholz, Manfred Günter: Hören und Lesen. Studien zur primären Rezeption der Literatur im 12. und 13. Jahrhundert. Wiesbaden 1980.

Schwob, Anton: Das mittelhochdeutsche Märe vom *Helmbrecht* vor dem Hintergrund der mittelalterlichen *ordo*-Lehre. In: Geistliche und weltliche Epik des Mittelalters in Österreich. Hrsg. von David McLintock [u. a.]. Göppingen 1987. S. 1–17.

Seelbach, Ulrich: Bibliographie zu Wernher der Gärtner. In: Nolte/Schneider (Hrsg.): *Helmbrecht*. S. 83–116.

– Kommentar zum *Helmbrecht* von Wernher dem Gartenaere. Göppingen 1987.

– Bibliographie zu Wernher der Gärtner. Nachträge 1980 bis 2000 und Ergänzungen. In: Nolte/Schneider (Hrsg.): *Helmbrecht*. S. 83–116.

– Späthöfische Literatur und ihre Rezeption im späten Mittelalter. Studien zum Publikum des *Helmbrecht* von Wernher dem Gartenaere. Berlin 1987.

– Hildemar und Helmbrecht: Intertextuelle und zeitaktuelle Bezüge des *Helmbrecht* zu den Liedern Neidharts. In: Nolte/Schneider (Hrsg.): *Helmbrecht*. S. 45–70.

Sowinski, Bernhard: Parzival und Helmbrecht. In: »Von wyßheit würt der mensch geert«. Festschrift für Manfred Lemmer. Hrsg. von Ingrid Kühn und Gotthard Lerchner. Frankfurt a. M. [u. a.] 1993. S. 117–127.

Steinbauer, Bernd: Schlintsgäu aus dem Jogelland. Franz Eiselts Nacherzählung des *Helmbrecht* in oststeirischer Mundart. In: Nolte/Schneider (Hrsg.): *Helmbrecht*. S. 71–82.

Steinmetz, Ralph-Henning: Komik in mittelalterlicher Literatur.

Überlegungen zu einem methodischen Problem am Beispiel des *Helmbrecht*. In: Germanisch-Romanische Monatsschrift N. F. 49 (1999) S. 255–273.
Stelzl, Adolf: *Meier Helmbrecht* von Wernher dem Gartenaere. Eine Spurensuche. Ried i. I. 2001.
Strobl, Joseph: Studien über die literarische Tätigkeit Kaiser Maximilians I. Berlin 1913.
Tomasek, Tomas (Hrsg.): Handbuch der Sentenzen und Sprichwörter im höfischen Roman des 12. und 13. Jahrhunderts. Bd. 2. Berlin / New York 2009.
Tschirch, Fritz: Wernhers *Helmbrecht* in der Nachfolge von Gottfrieds *Tristan*. In: PBB 80 (Tübingen), 1958, S. 292–314.
Ziegeler, Hans-Joachim: Erzählen im Spätmittelalter. Mären im Kontext von Minnereden, Bispeln und Romanen. München 1985. (Zum *Helmbrecht*: S. 235 f., 448 ff.]

Nachwort

Als man in Zeiten der Romantik das Mittelalter wiederentdeckte und Jagd auf die alten Handschriften machte, kam in zwei Sammelhandschriften ein kleines Werk von knapp 2000 Versen ans Licht. Der Gattung nach liegt es zwischen den kurzen Mären bzw. Versnovellen der spöthöfischen und den langen Epen bzw. Romanen der hochhöfischen Zeit. Die Rede ist vom *Helmbrecht*. Der erste wissenschaftliche Herausgeber hatte sich von der Vorbemerkung im Ambraser Heldenbuch inspirieren oder irritieren lassen, wo es heißt: *Das puech ist von dem Mayer Helmprechte*, und daraus den Titel *Meier Helmbrecht* gemacht, der dann auch in andern Editionen auftauchte. Aber *Helmbrecht* trifft die Sache besser. Die Vorbemerkung in der älteren Handschrift lautet: *hie hebt sich ein maer von dem helmprecht*, und in V. 22 f. wird der Sohn und nicht der Vater als »Held der Geschichte« bezeichnet.

Zwei Handschriften also, beide Sammlungen von Stoffen fern ihrer Entstehungszeit. Die etwas ältere, die Papierhandschrift B, stammt aus der Burg Leonberg im österreichischen Traungau, wo sie um 1410 im Auftrag von deren Besitzer hergestellt wurde. Bei der anderen Handschrift, der Pergamenthandschrift A, handelt es sich um das berühmte Ambraser Heldenbuch, das Kaiser Maximilian I. vom Zöllner Hans Ried in Bozen zwischen 1504 und 1516 abschreiben ließ und mit dem er dann auf Schloss Ambras die dortige »Kunst- und Wunderkammer« ergänzte (woher also der Name der Handschrift stammt). Die Abweichungen der Texte sind nicht übermäßig groß, es gibt einige größere Lücken in B, eine kleine in A. Das Sprachgewand entspricht in beiden Fällen Zeit und Raum der Abschriften, wobei B etwas mehr »modernisiert« als der auch sonst streng konservative Hans Ried (Genaueres im Abschnitt »Zu dieser Ausgabe«).

Was kann man aus der Umgebung schließen, in die der *Helmbrecht* als Teil der Sammlung jeweils geraten ist? In der Leonberger Handschrift folgt das kleine Epos oder die große Novelle dem *Jüngeren Titurel*, also der Fortsetzung jener Dichtung Wolframs von Eschenbach, in der dieser die Vorgeschichte des Gralskönigtums berichtete – eines der beliebtesten Bücher der höfischen Literatur überhaupt. Das verblüffende Neben- bzw. Hintereinander erklärt sich möglicherweise daraus, dass man den *Titurel* als Inbegriff göttlicher Weisheit und den *Helmbrecht* als eine (ergänzende) Kinderlehre empfand. Denn eines seiner Themen ist tatsächlich die Abwendung eines Sohnes und einer Tochter vom Elternhaus mit katastrophalem Ergebnis. Zum Schluss, der nicht echt zu sein braucht, wird deutlich auf den pädagogischen Sinn hingewiesen: »selbstherrliche« Kinder sollten sich das Beispiel Helmbrechts vor Augen halten und lieber Vater und Mutter gehorchen.

Im Ambraser Heldenbuch steht der Text fast am Ende der Handschrift, nach all den großen Artus- und Heldenepen in der Nähe einer Sammlung von Versnovellen, die wohl als gesamter Block abgeschrieben wurde. Hier war das Kriterium eigentlich nur das hohe Alter, denn Kaiser Maximilian wollte mittelalterliches Ritterwesen, dem auch sonst seine ganze Leidenschaft galt, mit seinen Texten vor der Vergessenheit – die längst eingesetzt hatte – bewahren. Schließlich hatte Maximilian selbst drei höfische Dichtungen verfasst, darunter den prächtig ausgestatteten *Theuerdank*, in dem er nach dem Schema ritterlicher Aventiuren seine Brautfahrt schilderte. Das »Gedächtnis« solcher Taten sollte dazu beitragen, höfische Gesinnung in neue, prosaisch gewordene Zeiten hinüberzuretten.

Und damals? Was sollte dieser eigenartige Text ohne klare Gattungszugehörigkeit seinem ersten Publikum sagen? Zunächst einmal ist er ein Zeuge für dichterische Kreativität auch nach der großen Zeit der höfischen Epik und Lyrik in den Jahrzehnten um die Wende vom 12. zum 13. Jahrhundert. Denn der *Helmbrecht* eines ansonsten völlig unbekannten Dichters Wernher der Gärtner ist wahrscheinlich in den frühen siebziger Jahren des 13. Jahrhunderts entstanden. Der Beweis dafür ist kompliziert zu führen und hängt mit der Erwähnung von ein paar Orten zusammen, die in den beiden Handschriften auch noch unterschiedlich heißen. Im Ambraser Heldenbuch nämlich ist von einer Heilquelle in Wanghausen gegenüber dem Sitz des bayerischen Herzogs in Burghausen im Innviertel die Rede, weiter von Hohenstein und Haldenberg in derselben Gegend. Mittelalterliche Dichter flochten gerne solche Angaben ein, um Angehörige des Adels zu ehren, in deren Auftrag ihre Dichtungen entstanden. In diesem Fall würde (wie Ulrich Seelbach gezeigt hat) vieles zusammenpassen, auch der sogenannte böhmische Gruß, über den sich Meier Helmbrecht aufregt, zur Böhmenfeindschaft des Herzogs genau in der Zeit, in der er auch in Burghausen residierte. Wenn in der Leonberger Handschrift die Heilquelle nach Leonberg verlegt wird und Wels und »Traunberg« (wegen Reimzwangs für: Traunstein) im österreichischen Traungau als Schauplätze aufgeführt sind, klingt dies nach einer Anpassung an ein neues Publikum in späterer Zeit.

Doch mit der Festlegung auf einen bayerischen gegenüber einem österreichischen Adelskreis als Adressaten sind wir nicht viel weiter. Denn was sollten die Leser bzw. Hörer aus diesem Text lernen, in dem von einem Bauernsohn die Rede ist, der Raubritter wurde und schmählich unterging? Gewiss nicht oder jedenfalls nicht allein, dass Kinder das vierte Gebot einzuhalten haben, also Vater und Mutter zu ehren, wie es die Leonberger Handschrift nahelegen mag. Nein, es geht schon in erster Linie um diese Abwendung vom Bauern- und Hinwendung zum Ritterstand, um das größte denkbare Verbrechen der damaligen Zeit, die Auflehnung gegen die gesellschaftliche Ordnung insgesamt. Ein Bauer will Ritter werden und wendet sich *deshalb* von seinen Eltern ab, wobei er auch noch die Schwester zum Mitmachen überredet. Alle Vorzüge des Bauernstandes, dessen Lob im Munde des Vaters noch Nietzsche beifällig zitieren sollte, fruchten nicht. Warum aber ist das so schlimm, dass ein Untergang geschildert wird mit fürchterlichen Strafen wie Vergewaltigung und Ausstoßung aus der Gesellschaft im Falle der Tochter, mit Blenden, Abhacken von Gliedmaßen, schließlich Aufhängen am nächsten Baum beim Sohn?

In der Tat führt dies ins Zentrum des Ganzen. Die mittelalterliche Ordnung beruhte auf einer klaren Vorstellung vom Aufbau der Gesellschaft in Ständen. Eigentlich galten alle Menschen nach biblischer Lehre als gleich. Aber es hatte den Sündenfall gegeben und in der Folge die Strafe der Ungleichheit. Seither lebten die Menschen in drei verschiedenen Ständen, aus denen kein Entrinnen möglich war: als

Geistliche (die Beter), als Adel (die Kämpfer) und als Bauern (die Arbeitenden). In der reich entwickelten Theorie war dies ein System der Subsidiarität, des Eintretens eines jeden für jeden, des Ritters zum Beispiel als Beschützer der Bauern, speziell der Witwen und Waisen. Im Hochmittelalter, in staufischen Zeiten, hatte es dank niedriger Bevölkerungszahl, Fortschritten in der Bodenbewirtschaftung und relativ stabiler politischer Verhältnisse in Deutschland eine Prosperität gegeben, die das Miteinander der Stände vergleichsweise erträglich machte. Aber diese Zeiten waren kurz gewesen. Schon mit der berühmten Doppelwahl eines Staufers und Welfen zum König im Jahre 1198 klagte Walther von der Vogelweide über den drohenden Verfall, der sich seit dem Interregnum, der kaiserlosen Zeit ab 1254, immer mehr verschärfte. Das System hielt nicht mehr, was es versprach. Reich gewordene Bauern begannen auszubrechen, ein ritterliches Leben zu führen nach Speise, Kleidung und sogar Bewaffnung. Verarmte Ritter stellten Bauern in ihre kleinen Heere, mit denen sie Fehden austrugen, die auf nichts anderes aus waren als auf Ersatz für ausbleibende Pachteinnahmen. Mit anderen Worten: Das System, das die Ordnung garantiert hatte oder jedenfalls in der Theorie garantieren sollte, löste sich vor aller Augen auf. In *diesen* Zusammenhang gehört der *Helmbrecht* mit dem Satz, den der Vater dem Sohn entgegenschleudert: »Deine Ordnung ist der Pflug.«

Neu war dies nicht. Schon lange hörte man es wie Wetterleuchten am Horizont. Ein Lyrikspezialist mit Namen Neidhart von Reuenthal hatte ein ganzes Œuvre geschaffen, in dessen Zentrum ein verarmter Ritter stand, der sich mit Emporkömmlingen von Bauernburschen herumschlagen muss. Tatsächlich fällt dieser Name im *Helmbrecht*, mehr noch: Der Titelheld kommt mit seinem Verhalten diesen Neidhartschen Möchtegernen mehr als nahe. Dies gilt für die Bewaffnung mit dem verbotenen (weil verborgen getragenen) Messer bis zum verbalen Protzen, bei dem sich die Helden jeweils als Eisenfresser hinstellen und modische flämische Brocken einflechten. Auffällig auch die geckenhafte Ausstattung, darunter eine Haube oder ein Hut, auf dem im Falle Helmbrechts ganze Geschichten aus der Literatur wiedergegeben sind, die alle mit höfischem Wesen zu tun haben. Weiter reitet Helmbrecht wie Neidharts Emporkömmlinge einen Wallach, das Pferd der Knappen, also der angehenden Ritter bzw. deren Dienerschaft. Nur übertrifft er die Neidhartschen Helden alle, weil er nicht nur Ritter spielt, sondern sich einem Ritter anschließt und auf Raubzug geht. Ein ganzes Jahr reitet er mit Gleichgesinnten plündernd und schändend durch die Lande, ein Schwerverbrecher, dem niemand Einhalt gebietet.

Hier scheint der entscheidende Punkt zu liegen. Was dieser Wernher der Gärtner mit viel Realitätssinn vorführt, belegt den Zustand eines Reiches, der nie hätte eintreten dürfen. Nirgends ist von einem König die Rede, der für Frieden sorgt, ein Burgherr kann vielmehr zusammen mit diesen Bauernlümmeln sein Unwesen treiben, ohne zur Rechenschaft gezogen zu werden. Erst ganz zum Schluss und wie im Märchen tritt ein Richter auf, der die Wende bringt und für Gerechtigkeit sorgt. In diesem Stadium hat die Geschichte die Realitätsebene eher verlassen und den Charakter einer Parabel, einer moralischen Beispielerzählung angenommen. Wernher der Gärtner trug Adligen vor, die mehr als die Kritik an aufstiegswütigen Bauern wohl kaum vertrugen.

Eine Parabel also: eine Geschichte, die nicht am System als solchem ansetzt, an einer Ständeordnung, die sich womöglich überlebt hat, sondern am Einzelnen und seinem persönlichen Fehlverhalten: dem Hochmut (*superbia*), der Sünde Satans. Nein, die Ständeordnung ist nicht falsch, sondern im Gegenteil das Beste für diese Welt, das Oben und Unten gerecht, jeder Ausbruch eine Katastrophe. Und das lehrt die Parabel in einer Form, die vielleicht sogar damalige Hörer/Leser schockierte. Denn der Aufriss erinnert ja sehr an das biblische Gleichnis vom Verlorenen Sohn, der ebenfalls das Elternhaus verlässt, sein Erbe verprasst und dann reumütig zurückkehrt. Fast genauso geschieht es im *Helmbrecht*. Nur sucht der von Heimweh geplagt und im Triumphgefühl seiner Überlegenheit das Elternhaus auf. Aber er geht eben ein zweites Mal fort, wird diesmal gefangen und verurteilt mit allen Folgen der Körperstrafen und kehrt nun wirklich reumütig zurück. Da aber wird er ganz unbiblisch abgewiesen. Man hat gezeigt, dass der Vater im Recht war, dass ein Vogelfreier nach solchen Verbrechen kein Asyl erhalten durfte, ja jedes Asyl strengstens bestraft wurde. Aber schockierend war dieses Abweisen wohl doch, zu krass hob es sich vom biblischen Bericht ab. Dabei kann man sogar auf ein zweites biblisches Vorbild hinweisen, dem der mittelalterliche Dichter in diesem Fall voll entsprach. Denn es gab die Geschichte von Absalom, einem der Söhne von König David, der sich gegen seinen Vater auflehnte, von diesem besiegt wurde und dann auf der Flucht mit seiner Haarpracht in einer Weide hängenblieb, bis die Häscher ihn umbrachten. Helmbrecht hat nicht nur ebenfalls diese besonderen und unstandesgemäßen Haare, sie werden ihm zum Schluss von den Bauern, denen er in die Hände fiel, mitsamt dem Hut zerrissen bzw. abgeschnitten, ehe er am Baum hängt wie Absalom.

Noch einmal also: eine Parabel mit Anspielungen auf bekannte Bibelszenen, dazu auf die Literatur, speziell Neidhart, den erfolgreichsten Lyriker des Mittelalters überhaupt. Aber eine Parabel wofür genau? Man hat in diesem Punkt auf den Orden der Franziskaner verwiesen, der im 13. Jahrhundert gegründet worden war und neben dem religiös-moralischen ein politisches Programm verfolgte, bei dem es zentral um den Frieden in dieser Welt ging. Man weiß, dass der *Deutschen-* und *Schwabenspiegel* in seinen gesellschaftsbezogenen Passagen franziskanische Regie zeigt. Dazu aber gehörte die Ständelehre in ihrer konservativsten Lesart. Die Welt ist nur überlebensfähig, wenn sich alle an diese Ordnung halten, an das Oben und Unten ohne Murren. Es geht also um eine Parabel über den Frieden, der in der Familie anfängt und im Gemeinwesen sich fortsetzt. Man könnte auch von einer Parabel über die rechte *Ein*ordnung sprechen, auf jeden Fall über die Gefährdung und Zerbrechlichkeit gesellschaftlichen Lebens. Wahrhaft brutal ist die Warnung, die das Ende bietet: Helmbrecht und seine neun Spießgesellen werden von einem Richter und vier Helfern überwältigt, abgeurteilt und hingerichtet – die vorläufige Freilassung des geblendeten und verstümmelten Helmbrecht als sogenannter Waldgänger ist nur scheinbar und im übrigen durchaus realitätsfern als Gnade gegenüber dem zehnten Verbrecher hingestellt (dem nur literarisch bezeugten ›Henkerszehnten‹). Überhaupt ist an diesem im Prinzip realitätskonformen Prozess wegen landschädlichen Verhaltens einiges wirklichkeitsfern: zum Beispiel die Überwältigung einer Übermacht durch Unbewaffnete, die einen magischen »Bann« ausüben. Hier greift eben Gott ein, und man darf vermuten: weil wirklich tatkräftige Richter damals nicht existierten.

Es ist schon merkwürdig: Die überaus konkrete und nach allem, was wir wissen, auch realitätsnahe Schilderung des Räuberdaseins hat ihr Gegenstück in dieser idealisierten Schlusshandlung voller Symbolik mit den unglücklichen Haaren und dem zerfetzten Hut. Überhaupt ist das Werk sorgfältig durchstilisiert: Helmbrechts Jahr im Wald entspricht genau dem Jahr als Räuber. Bei den vier Vater-Sohn-Gesprächen sind die Redeanteile jeweils symmetrisch angeordnet. Beim zweiten beträgt der Anteil des Vaters genau doppelt so viele Verse wie der des Sohnes, nämlich 156 zu 78, wobei 78 aus der arithmetischen Reihe der Zahlen von 1 bis 12 gebildet ist und die Quersumme von 156 ebenfalls 12 ergibt. Die spektakulären Räubernamen Lämmerverschlinger, Widderverschlucker, Kühefresser usf., die Helmbrecht auf Anfrage aufzählt, kehren später in (fast) genau umgekehrter Reihenfolge beim Hochzeitsmahl wieder. Zufällig ist in diesem Werk kaum etwas. Man hat aus solchen und zahlreichen weiteren Proportions- und Zahlenspielereien auf einen gelehrten Dichter getippt, der sich in der Arithmetik als einer der sieben freien Künste sehr gut auskannte.

Die äußere Form ist das eine, der Inhalt samt Moral das andere. Wer konnte so etwas dichten? Man hat wegen der franziskanischen Bezüge auf einen Franziskaner getippt, ja den Beinamen *der gartenaere* nach dem Verb *garten* als einen um eine Gabe Bittenden gedeutet, wie es die Franziskaner als Bettelorden taten. Tatsächlich kannte sich der Dichter in franziskanischen Vorstellungen aus, besaß aber auch gute Kenntnisse in der höfischen Literatur. Von Neidhart war schon die Rede. Das Vater-Sohn-Gespräch entspricht bis in wörtliche Anklänge einem Dialog im *Gregorius* von Hartmann von Aue, wo ein junger Mann ebenfalls unbedingt Ritter werden will, wovon der Abt ihm ebenfalls mit der Aussicht auf eine vorteilhafte Heirat vergeblich abrät. Auch die Anlage mit erster und zweiter Einkehr im Elternhaus erinnert merkwürdig an die Artusepen Hartmanns, wo die Helden Erec und Iwein genauso zweimal in ganz unterschiedlicher Weise an den Hof kommen. Die unglückliche Schwertleite durch die Mutter parodiert korrekte Schwertleiten wie das Hochzeitsfest der Verbrecherbande arthurische Feste in den großen Epen. Wer so etwas geschrieben hat, muss wohl an einem Hof höfische Literatur kennen und schätzen gelernt haben, ein Kloster erscheint kaum adäquat.

Und an welches Publikum dachte der Autor dabei? Wenn man an die guten Kenntnisse in bäuerlicher Lebensweise denkt, an die Einzelheiten des Wirtschaftens, der Kleidung, des Essens, könnte man auf ein bäuerliches Publikum schließen. Aber das ist für die mittelalterliche Gesellschaft ganz unwahrscheinlich. Selbst die Städter nähern sich erst allmählich der Literatur. Wirklich in Frage kommt nur ein höfisches Publikum, das all die Anspielungen verstehen konnte. Die Kritik umgab sich vorsichtigerweise mit dem Mantel der Parabel, in der dann kein Standesgenosse, sondern ein Aufsteiger den kürzeren zog. Man soll die Finger von so etwas lassen, könnte trotzdem eine Form der Lehre auch für den anwesenden Adel gewesen sein.

Dass ein Bauer die Zeche zahlte, verstand sich und lenkte ab. Man könnte auch sagen: Es wurde der Sack »Bauer« geschlagen, aber der »Esel« Adel gemeint.

Es ist also nichts mit Sozialrevolte oder sonstigem Aufbegehren, wie man früher gelegentlich aufgrund der Kritik am Raubrittertum der Zeit gemeint hat. Die Zeit ist dafür ohnehin viel zu früh. Selbst in Frankreich beginnen die ersten Bauernaufstände im Hundertjährigen Krieg, nach der Schlacht von Crécy 1346, als der Adel seine Schutzpflichten endgültig aufgegeben hatte. In England fand der erste Bauernaufstand 1381 statt, in Deutschland regt sich Vergleichbares erst im 16. Jahrhundert. Trotzdem stellen die Schilderungen des Raubritterlebens einen Höhepunkt an Realitätssinn dar und heben sich deutlich ab von den Idealisierungen, die man (neben vorsichtiger Kritik) aus den Epen der hochhöfischen Zeit kennt. Zweimal sogar stehen sie im Zentrum der Darstellung: Beim Vater ist es das Lob der alten und die Verurteilung der neuen Zeit, wenn er sich über erlahmendes Turnierwesen und Missachtung der Damen auslässt. Beim Sohn erleben wir die Verwandlung des Minnediensts in ein rüdes Wirtshausleben, vor allem aber die Peinigung der Bauern, die an ihren Haaren durch Hecken geschleift werden oder denen man das letzte Hemd raubt. Gewaltdarstellung ist nichts Neues in der Literatur, die großen Epen triefen von Blut. Aber Gewalt gegen Wehrlose, Schutzbefohlene ist eine Schande, die für das Ende jeglicher Ordnung steht – womit wir wieder beim Hauptthema wären.

Es ist also kaum ein Zufall, dass der kleine Text von Anfang an und bis heute anhaltend viel Aufmerksamkeit auslöste. Die erste wissenschaftliche Ausgabe besorgte 1844

Moriz Haupt, dann brachte Friedrich Panzer das Werk 1902 in die Altdeutsche Textbibliothek als Nr. 11, wo es 1968 von Kurt Ruh bearbeitet und bis heute weitergeführt wurde (Näheres s. Literaturverzeichnis). Eine ganze Reihe weiterer Ausgaben folgte, darunter die Reclam-Edition durch Fritz Tschirch 1974. Es gab aber auch eine literarische Rezeption. Sie beginnt mit der Tragödie *Meier Helmbrecht* von Eugen Ortner 1928, gefolgt von Dramen gleichen Titels von Fritz Hochwälder und Herrmann Mostar jeweils 1946 – insgesamt sind 19 Dramen, zwei Opern und drei Hörspiele ausfindig gemacht worden. Hinzu kommen 18 epische Bearbeitungen, darunter eine Hexameterfassung des *Meier Helmbrecht* im Dialekt des Innviertels durch Gottfried Glechner 1989 sowie in oststeirischer Mundart (des Jogellandes) durch Franz Eiselt 1993 unter dem Titel *Bauer, Ritter, Räubersmann*. In sehr freier Verwendung brachte Alois Brandstetter den Stoff 2005 als Roman heraus, der die Handlung mit dem Autor verwebt: *Der geborene Gärtner*.

Das mögen ferne Reflexe sein, die mit dem mittelalterlichen Stoff nur wenig zu tun haben. Demgegenüber zeigt die moderne Kulturwissenschaft durchaus historisches Interesse. Peter von Matt hat in seinem Buch *Verkommene Söhne, missratene Töchter. Familiendesaster in der Literatur* der Geschichte vom »baumelnden Sohn« und dem »spektakulärsten Hut der deutschsprachigen Literatur« einen Ehrenplatz zugewiesen. Hier werde die Figur des »homo novus« eingeführt, gerate die Gestaltung des »eisernen Vaters« an zeitliche Grenzen, jenseits derer aus den »Verkommenen von heute« womöglich die »Geglückten von morgen« würden – ohne dass der Autor es weiß, es wissen kann oder vielleicht wissen will. Ob dies richtig ist? Eines aber zeigt die These auf jeden Fall: dass die Wirkungsgeschichte dieses *Helmbrecht* nicht zu Ende ist. Man kann immer noch über ihn nachdenken. Dafür lohnt sich auch das Einlesen in einen sprachlich fernen und entsprechend sperrigen Text.

Inhalt